嫌われ王子のおしおき婚

～狼騎士の妻は丸ごと溺愛されています～

葵居ゆゆ《Yuyu Aoi》

CHARADE BUNKO

Illustration

田中森よこた

CONTENTS

よく晴れた空から注ぐ陽射《ひざ》しが、世界を明るく照らしていた。

ざわめく空気は期待と喜びに満ちていて、声にもかろやかな色がついているようだ。まるでそれを表現したみたいに、色とりどりの薬玉《くすだま》が上がったかと思うと、弾《はじ》けて花や鳥、星が飛び散った。

魔法で生み出された幻影だ。楽しげに踊る華やかさにつられて群衆が目を上げれば、ちょうど『挨拶の塔』の露台に王家の人々が姿を現す。

歓声が、シリルが身をひそめた城壁の上まで押し寄せた。胸壁の隙間からこっそり覗《のぞ》くと、長い髭《ひげ》を蓄えた王がにこやかに手を振っている。その隣には、まだうら若い第三王妃が幼い王子を抱いて、恥ずかしげな、けれど誇らしげな微笑を浮かべているのが見えた。焦茶の髪にぷっくりした頬の王子は、ご機嫌でにこにこしている。彼は本日二歳を迎え、初めて民衆にお披露目されるのだ。周囲に並んだほかの王子王女たちも、揃《そろ》って晴れやかな笑顔だった。

「ケイシー王子、お誕生日おめでとうございます」

城壁と一体化して造られた挨拶の塔の前は、大きな広場になっている。その中から声がひとつあがると、呼応するように祝いの言葉が広がった。

「おめでとうございます、王子！」

「メイリーン王妃もおめでとうございます！」

「国王陛下万歳！　キプスウィッチ家万歳！」

「ヴィロナス王国に幸あれ！」

「見てごらん、ケイシー王子は実に可愛《かわい》らしいな」

「ええ、それにとっても聡明《そうめい》そう。お母様によく似ていらっしゃるわ」

大声の祝福にまじって、賞賛する会話までが聞こえてくる。華やかさを盛り上げるように、ぽんぽんと小さな魔法花火が弾けるのは三番目の王女の魔法、小鳥が集ってさえずるのは二番目の王子の魔法だ。誰もが楽しそうで、幸せそうに見えた。

ここは魔法の国、ヴィロナス。領土は小さいが、海に面していて山も平地もあり、気候は穏やかだ。高い山脈や深い谷といった地形、なにより魔法という強みに守られて、魔獣や他国に脅かされることもない。恵まれた環境のためか、国民性はのんびりしているのだが、今日は誰もが興奮しきって手を振っている。

祝福ムードでいっぱいの広場を見下ろし、シリルは可憐《かれん》な顔を歪《ゆが》めた。

全然、ちっともめでたくない。幼児に浮かれる群衆も腹立たしいが、なによりシリルが許せないのは王たちだった。

（どうしてそんな幸せそうな顔ができるんだ？　今日がなんの日か、知らないはずがない

のに）

シリルにとって今日は、半分だけ血のつながった末の王子の誕生日なんかではない。この世で誰より大切だった、シリルの母の命日だ。第二王妃ロザーンが、永遠に失われてしまった日。

けれど王家の人々も国民も、ロザーンなど存在しなかったかのように忘れ去っている。

「……みんな嫌いだ」

ヴィロナスの人々は自分たちが善良で優しいと自負しているらしいが、シリルから見れば、冷たくて自分勝手で、思いやりがない。

二年前の今日、久しぶりの我が子の誕生を心待ちにしていた国王は、第三王妃につきっきりだった。母が息を引き取ったあとになってのこのこやってきた王を、シリルは追い返した。別れの挨拶だけして、いいことをした気になってほしくなかった。だって王は七年も母を放っておいたのだ。

もちろん、母が王を拒絶していたことは知っている。だが夫には妻を大切にする義務があるはずだ。王はその義務を果たさなかった。王だけではない、シリルの異母兄弟たちは誰も、異国から嫁いだロザーンに優しくなかった。冷淡に扱われたからこそ母はヴィロナスに馴染《なじ》めなかったし、七年間も床に伏せって、治ることなく死んだのだ。

全部王とその家族が悪い、とシリルは思う。だから嫌いだ。王家も、この国も。

（あいつらは母上を見捨てたんだ）

大好きな母はいつもつらそうだったのに、嫌いなやつらばかりが楽しそうにして、今日がなんの日か考えもしない。シリルがどんなに悔しく悲しく寂しいか、想像もしないから「おまえもケイシーのお披露目式に出ないか」などと誘ってきたりするのだ。

城壁の上の歩廊は胸壁の暗い影が落ちている。その暗がりから眩《まばゆ》いほどの向こう側を睨《にら》みつけ、シリルは念じた。

（伸びろ。伸びて壊せ）

シリルの正式な名はシリル・ヴィロナス・キプスウィッチ。淡く輝く金髪とブルーグリーンの瞳、透きとおるような肌は北方の国エルラーンの生まれに見えるが、ヴィロナス国王の五番目の子供であり、もちろん魔法も使える。魔力は植物系で、植物の成長を早めることができた。力は弱いものの練習のおかげで、狙った場所から生やしたり、通常の何倍も大きく育てたりもできるようになった。

（みんな僕の魔法を見ろ。見て思い出せ。僕は絶対、許さないからな）

許せない。華やいだ雰囲気もお祭りみたいな歓声も、笑顔も褒め言葉も。

怒りにまかせて思いきり魔力を放出すると、城壁の下のほうがみしりと軋《きし》んだ。煉瓦《れんが》を突き破って、太い蔓《つる》が飛び出してくる。蛇のようにくねる緑色のそれに驚いて、近くにいた少女たちが悲鳴をあげた。

が、すぐに冷めたように逃げるのをやめる。

「なんだ、シリル王子の魔法じゃないの。またいたずらしてるんだわ」

「ケイシー王子を妬んでるんでしょ。いたずらするくせに、自分は絶対姿を見せないなんて卑怯《ひきょう》だよね」

（ふん、言ってろ。おまえたちにはわからないんだ）

シリルにとってこれはいたずらではなく、復讐《ふくしゅう》だった。

一日でシリルの仕業だと見抜かれたのは、植物で人々をおどかすのが初めてではないからだ。一年で最も賑《にぎ》やかなお祭りでは屋台を蔦草《つたくさ》でめちゃくちゃにしてやったし、小さな木をたくさん生やして、誰も通れないよう道を塞いだこともある。祝日で城の前に人が集まってくれれば、食虫植物やべたべたした粘液の出る植物でいやがらせをした。

城の中ではもっと頻繁に、ほとんど毎日「復讐」を行っているが、まだまだ納得できる結果は出ていない。国中の人間がひれ伏して謝るまで、やめる気はなかった。

呆《あき》れた様子で眺める少女たちの前を、蔓はどんどん伸びていく。気づいた人々が一瞬驚き、それからいやそうな顔をした。シリル王子だ、と言い交わす声は、さきほどケイシーを祝い称《たた》えたのとは違い、軽蔑や嫌悪感が滲《にじ》んでいる。

「近くにいるんじゃないか？　探し出して俺たちでおしおきしてやったほうがよくないか、あいつ」

「いい加減懲らしめてやりたいな」

誰も逃げない。だが蔓植物の葉が大きくなり、蕾《つぼみ》が膨らむと、慌てて散りはじめた。

「最悪だ、嘔吐花《おうとばな》じゃないか！」

「シリル王子は本当に性格が悪いな！」

人々の怯《おび》えた表情に、シリルはわずかばかり溜飲《りゅういん》を下げた。あの蔓植物は名前のとおり、吐き気がするほど臭い花が咲くのだ。

（せいぜい怯えていやな思いをしろ。おまえたちには罰が必要だからな）

さらに魔力を放って、シリルはもっと嘔吐花を生やそうとした。王たちのいる露台に蔓を絡みつかせ、そこで花を咲かせれば、ケイシー王子のお披露目は台無しにできる。

（出てこい、育て）

念じるのにあわせて煉瓦が盛り上がる。弾ける勢いで蔓が顔を出し、うまくいった、とほくそ笑んだときだった。

めきめき、と不穏な音がした。城壁にそって植えられた樹の一本が、裂けるような音を響かせながら、幹を膨らませている。枝が波打って勢いよく伸びていき、シリルのいる城壁を貫いた。

（！　しまった、魔力が――）

シリルは魔力を制御するのが苦手だった。今日はかなりうまくいったと思ったのに、関係のない植物にもうっかり魔力を注いでしまったらしい。ざわざわと葉を揺らした樹は膨れ上がるように体積を増し、すぐそばの城壁を破壊していく。煉瓦がいくつも崩れ落ちて土煙が上がり、歩廊もぐらりと傾いた。

「大変！　露台が……！」

悲痛な声が響きわたる。はっとして視線を向けると、挨拶の塔の両脇の樹も、唸《うな》るような音をたてて大きくなっていた。壁はすでにいくつも枝が突き刺さって崩れはじめている。城壁から張り出した露台は斜めにかしぎ、そこに蔓が絡みついていく。まるで下と両脇から、植物が襲いかかるかのようだった。

強い風が吹き抜けて、蔓と木の枝だけを正確に切り払う。王の長男、エイブラムの魔法だ。王は子供たちを守って奥へ逃げようとしたが、露台には第三王妃と、彼女に抱かれたケイシー王子が残っている。青ざめた王妃は怯えきっているようだ。王に呼ばれ、意を決したように奥へと走ろうとした途端、彼女の姿ががくんと沈んだ。露台の床が抜けたのだ。

シリルの身体《からだ》を、冷たい痺《しび》れが駆け抜けた。落ちる。

人々の叫び声と露台の崩れる音が鼓膜を打つ。

シリルは斜めになった歩廊で胸壁に摑《つか》まったまま、呆然《ぼうぜん》と見ていた。眩いほどの青空が嘘《うそ》のようだ。落ちていく露台だった石の欠片《かけら》。古い土のにおい。

奇妙にゆっくりに見える光景を切り裂くように、黒い影が一筋、飛び込んだ。

一瞬遅れて、露台が地面へと崩れ落ちる。地面が揺れて土煙が立ち込め、広場は静寂に包まれた。わずか数秒のできごとだった。

大勢が固唾《かたず》を飲んで見守る先、土煙の中から人が出てきた。ぼんやりとした輪郭でもそうとわかる、長身の男だ。騎士の服を身に纏《まと》った彼の右腕にはケイシー王子が、左腕には王妃が抱えられている。王妃は自分の足で立っているし、ケイシーは泣きもせず、二人とも大きな怪我《けが》はなさそうだった。

力が抜けて、シリルはその場にへたり込んだ。

(よかった。殺してしまうかと思った……)

飛び込んで助けた男が一秒でも遅かったら、王子も王妃も、無事ではすまなかっただろう。シリルは植物を成長させることはできても、とめることはできない。一度魔力を注ぎ込んだら、それが尽きるまで、植物は大きくなってしまうのだ。だが、これほど制御不能になったのは初めてだった。

魔力は弱いほうなのに、怒りに任せて放出したせいだろうか。子供の胴体ほどの太さまで育った蔓はのたうつように城壁と広場の周囲を覆い、巨大な蕾がいくつもついていた。

「——ラウニ様だ!」

風が吹いて土煙が薄れると、最悪の結果になったのでは、と怯えていた広場の空気が一変し、割れるような歓喜の声があがった。

「ラウニ様が、王子と王妃を助けたぞ！」

「ラウニ様！　ラウニ様！」

（——あいつが、ラウニなのか）

シリルは安堵《あんど》から一転、悔しい思いで男を睨《にら》んだ。

その男の名は、ほとんど引きこもりのシリルでさえ知っていた。ラウニ・ディエーリガ。ヴィロナス王国の危機を救ったと噂《うわさ》の人物で、まだ二十七歳ながら、国民はもちろん、王からも絶大な信頼を寄せられる、最も有名な狼《おおかみ》獣人の騎士だ。

瓦礫《がれき》を踏み越えた彼が広場へと降り立つと、頭にある尖《とが》った三角の耳と、上着の裾から下がった黒い尻尾《しっぽ》がはっきりと見えた。野性味のある整った顔立ちは、若いが落ち着きと自信とが現れている。

ラウニは風に髪をなびかせ、歓声に頓着することなく王妃を気遣っている。よりによって狼獣人に助けられた、と思うと、腹の底が怒りで冷たくなった。

（僕は獣人の中でも狼が一番嫌いなのに、なんであんなやつが……。これではケイシー王子の誕生日祝いが台無しになっても、あの獣人が褒め称えられて終わりではないか。

ラウニの元に、塔から出た王が駆け寄っていく。しっかりと王妃を抱きしめ、息子を受け取る王は感激と安堵で涙を流していて、シリルは顔を背けた。舌の根が苦い。こんなはずじゃなかった。

「僕は、ただ母上の死が悼まれるべきだと思ったのに」

歩廊に足音が響いた。踵《かかと》に金属を入れた兵士たちだ。先頭の男はシリルの前まで来ると、硬い表情で見下ろした。

「シリル王子。あなたを、ケイシー王子およびメイリーン王妃を殺害しようとした罪で、連行いたします」

「――僕は」

言いさして、シリルは立ち上がった。肩や腕を掴む兵士たちの手に怒りがこもっているのが、いやというほど伝わってくる。城壁の下ではいまだにラウニを賞賛する声、王子たちの無事を喜ぶ声が溢《あふ》れていて、シリルは暗く落ちた自分の影を見つめた。

べつにいい。嫌われているのは今にはじまったことじゃない。シリルだって、母を大事にしなかったこんな国は大嫌いだから、好きになってほしくなどない。嫌いなやつらに言い訳をして謝るくらいなら、罰を受けたほうがましだった。

数日後の午後、王の待つ「執政の間」へとシリルが入ると、王と長男のエイブラムが待ち受けていた。黒いローブ姿の女性は刑を執行する魔女だろう。魔法が使えるのはキプスウィッチ家の血を引く者がほとんどだが、王家と関係がなくても、魔力を持つ者が生まれてくることがある。彼らは「魔女」と総称され、その力を活《い》かしたさまざまな仕事に就いていた。

シリルが眉をひそめたのは、なぜかあのラウニ・ディエーリガまでがいたからだ。関係ないくせに、と睨みつけたが、彼のほうは気づかないのか、素知らぬ顔で王を見ている。シリルを居住している塔から連行してきた兵士たちは、玉座についた王の正面にシリルを立たせると、すみやかに離れた。王はシリルを見て、悲しそうに眉を下げる。

「シリル。わかっていると思うが、今回のことは、いつものいたずらだと見逃すわけにはいかないよ」

髪や髭に白いものがまじりはじめた王は温厚で知られる人物で、上背も横幅もあるのに威圧感がないのは、青い目が優しげだからだ。その目が、いつになく寂しそうだった。

「こんなことにならないように、一緒に食事や行事をしようと何度も誘ったつもりだったのだがね」

シリルは黙って父王を見返した。騙《だま》されるものか。優しそうなふりをしているが、つられてお茶でも一緒に飲めば、すぐに母や母の祖国であるエルラーンの悪口を言うのだ。

長男のエイブラムが咳払《せきばら》いした。

「陛下。この場は家族会議ではなく、正式にシリルに裁きを下すのですから、あまり私情を挟まないでください」

第一王妃によく似た赤毛と紺色の目を持つエイブラムは、風魔法の使い手で、魔力の強さは王家の者としては平均ながら、制御力は人並み以上、魔法に頼らない武術にも秀で、学問も得意という、王の自慢の息子だ。性格は真面目《まじめ》で公明正大だと言われているが、シリルから見ればおせっかいなくせに意地悪な、苦手な兄だった。

エイブラムは深刻げな表情でシリルを見てくる。

「いいか、シリル。陛下の言ったとおり、今回のことはいたずらの域を超えている。いつもみたいに、ベッドに食虫植物を生やしておどかしたりとか、廊下に粘液の出る植物をはびこらせてみんなをすべらせるとか、そういうのだったら、俺たちだって許せるんだ。だが、大勢の見ている前で城壁や露台を壊し、祝いの日をめちゃくちゃにしただけでなく、王妃と王子の命を危険に晒《さら》した。――あれほど、魔法を悪いことに使ってはいけないと言っただろう」

「魔法は戦にも使うでしょう。僕が魔法を使うのは復讐のためだ、悪いことじゃない」

シリルはそっぽを向いた。王はふさふさの眉毛を下げてたしなめた。

「ロザーンのことで、おまえがまだ怒っているのはわかっているよ。この二年、毎日のようにいたずらを仕掛けるのは、悲しみが癒《い》えていないからだということもね。だが彼女の死と、メイリーンやケイシーは関係がないだろう。どうしても復讐したいなら、私に対して魔法を使うべきだ」

「関係なくない！」

まさか忘れたのか、と悔しくて、シリルは王を睨んだ。

「母上が亡くなった日に、あいつは生まれてきたんだ！　産んだ第三王妃も生まれた子供も、母上の仇《かたき》だ！」

困ったように、王はエイブラムと顔を見あわせた。エイブラムがため息をつく。

「それも説明しただろう？　メイリーン妃の出産に立ち会った医者は、ロザーン妃を診ていた医者とは別で、ロザーン妃自身が何日も前から診察や薬を拒んでいたんだ。父上は自分を粗末にするなと、何度も彼女に手紙を書いたのに」

「母上を悪く言うな」

エイブラムの口ぶりは、まるで母がわがままを言って死んだみたいに聞こえる。シリルは肩をそびやかし、身体ごと王から視線を逸《そ》らした。王が悲しそうにシリルを呼んだが、もちろん無視だ。

エイブラムは再度ため息をついた。

「おまえが母を愛していたからこそ、喪《うしな》った悲しみが大きいのはわかる。そのことは俺たちだけじゃなく、民も理解してくれていたんだ。だから街で起こした魔法での混乱も許してくれただろう？　だがおまえがケイシーや王妃の命を狙ったせいで、皆の気持ちも変わってしまった。次は自分たちも襲われるんじゃないかと不安になったり、おまえに対して怒りを覚えたりするのは致し方ないことだ。それだけのことを、おまえはしたんだから」

命を狙ったわけじゃない、と思ったが、シリルはなにも言わなかった。悔しいけれど、結果的に危なかったのは事実だった。

エイブラムが「陛下」と促すと、王は言いにくそうに口をひらいた。

「シリルには、きちんと罰を受けてもらわなければならない。皆と協議の上、魔法犯罪に対する刑を執行する」

びく、と身体が揺れてしまった。

ヴィロナスでは、魔法を悪事に使うことがなによりも嫌われる。そのため犯罪の中でも、魔法を使った場合は刑が重くなり、罪の内容によって一定期間、あるいは生涯にわたって魔法を制限したり、使えなくしたりするのだ。たとえば魔法を使うと痺れが襲う首輪をつけられたり、焼印を押され、使おうとしただけでそれが燃え上がったりする。

魔力を持つ者にとって、魔法が使えなくなるのはかなりの不便と屈辱だった。

（……べつに平気だ。魔法を使わなくたって復讐する方法はあるし、いざとなったらこんな国は捨てて、姉上のところに行けばいいんだから）

シリルには同じ母から生まれた姉がいる。ニーカはシリルよりも三歳年上で、魔力があると判明したのちに母の祖国エルラーンに戻り、あちらで王女として暮らしている。子供のときに別れて以来手紙の返事すらもらえていないが、シリルはニーカが好きだった。いつも毅然《きぜん》として大人びた、自慢の姉だ。訪ねていって事情を話せば、きっと助けてくれる。

エルラーンは女王が治める国で、北の極寒の地から襲ってくる魔獣を防ぐため、数十年に一度はキプスウィッチ家と婚姻を結んでいる。そのため、あちらの王家にも少数だが魔法を使える人がいるので、罰の魔法を解いてもらうことだって不可能ではない。

(一度エルラーンに撤退し、それからまた母上の復讐をしに戻ってくればいい)

そうしよう、と決めてじっと黙っていると、王の合図でローブ姿の魔女が進み出た。まだ若く、どこか眠そうでやる気がなさそうな顔つきだが、シリルの罰を任されたということは、有能な魔女なのだろう。シリルの両腕を兵士が押さえ、魔女はシリルの首に銀色の首輪を装着した。

「わたしの魔法は肉体関与です。これからかける魔法で、シリル様は魔法を使うと、身体が小さくなります」

「——小さくなるだけなのか?」

それならたいした害がない、と内心ほっとしつつ問うと、魔女は頷《うなず》いた。

「この首輪は小さくなったときに魔法を使えないようにするための装置です。小さい状態で魔法を使うと、さらに縮んで消えてしまいますから。一度小さくなると一週間はそのままという魔法なのですが、首輪は身体にあわせて伸び縮みするので、安心してくださいね」

つまり、小さくはなるが、一度は魔法が使える、というわけだ。魔法犯への刑の中では軽い部類だ。

（やはり、僕の復讐には正当性があって、王も後ろめたいんだな）

「罰が軽微だから軽く考えていいということじゃないぞ。二度と悪いことに魔法を使わないと、シリルが悔い改めるまでは魔法を解かないからな」

エイブラムが釘《くぎ》をさすように言ってくる。シリルは彼を一瞥《いちべつ》しただけで答えず、魔女に向かって「さっさとやれ」と命令した。

不愉快そうに眠たげな顔をしかめて、魔女が両手を上げた。詠唱がはじまる。詠唱が必要なほど複雑な魔法なのだ。

「ラウニ、そなたには褒美をやらないといけないね」

シリルの視界の端で、王はあの狼獣人の手を握っていた。

「本当なら今日はメイリーンもここに来て直接礼を言うはずだったんだが、シリルが怖いと言ってな……私からもう一度礼を言うよ。本当にありがとう」

「騎士として、当然のことをしたまでです」

ラウニは淡々としていた。初めて聞く彼の声は低く張りがあり、シリルは眉根を寄せた。見た目どおり、声まで威圧感があってむかつく。態度だって、堂々としているといえば聞こえはいいが、偉そうで鼻についた。きっと性格も尊大に違いなかった。

噂では、彼は何度も魔獣を倒したことがあり、ヴィロナスの危機を救った英雄だ。だが噂には尾ひれがついているだろうから、実際はたいした手柄を立てているとは思えなかった。ディエーリガ家は獣人の中では由緒があり、何代にもわたって王家に仕えているのに、ラウニはいまだに城内の警備についているらしい。それを見ると侍女たちが喜んで騒ぐわけだが、いい家柄で大きな手柄を立てたなら、警備の仕事などしなくてもいいはずだ。

「ラウニはいつも謙虚だが、今回ばかりは褒美を受け取ってもらいたい」

そっけないほどのラウニに対して、王は満面の笑顔だった。

「どうだろう、そろそろ私の娘を妻に迎えてはくれないか？　パトリシアでも、アーシアでもいい。二人ともおまえのことは好いているし、尊敬もしておるよ」

聞いているシリルはいらいらした。本気で異母姉妹がラウニを好きならぞっとする。侍女たちがきゃあきゃあ言うのだって、シリルは理解できなかった。彼女たちに言わせると、黒く尖った耳や尻尾も、神秘的な瞳も魅力があるらしい。

（そりゃ顔だけなら整っている部類だが、狼の耳と尻尾がある獣人だぞ。絶対獣くさいに決まってる。僕が女だったら、野蛮な獣人に嫁ぐなんてもってのほかだ）

シリルは獣人一般が好きじゃないけれど、中でも狼獣人は嫌いだった。母が教えてくれたのだ。祖国エルラーンでは獣人は魔獣とともに襲ってくる恐ろしい敵で、特に狼獣人は凶暴なのだと。

「もちろん、宝石も金貨も、たくさん用意してある。帰りに馬車に積み込ませるし、ディエーリガの領地も、もう少し増やしてはどうかと考えているんだ。それとも、ほかにほしいものがあるかね？　なんでも言ってみてくれ」

母が見たら青ざめるであろう狼獣人に向かって、王は親しげに肩を叩《たた》いている。ラウニがちらりとこちらを見てきて、シリルは慌てて視線をずらした。いつのまにか、凝視してしまっていた。

「宝石も金貨も、領地もいりません。――ただ、どうしてもなにかくださる、というのでしたら、ひとつだけほしいものがございます」

「おお、なんだね？」

王が嬉《うれ》しそうに顔を輝かせる。結局褒美をもらうんじゃないか、とシリルが意地悪く考えるのと同時に、ラウニが言った。

「シリル様です」

「――は？」

つい声が出てしまった。ちょうど魔女が「終わりましたぁ」と額の汗を拭う。

「シリル様、もう魔法を使うと縮んでしまいますから、気をつけてくださいね」

そんなことはどうでもよかった。ラウニはまっすぐにシリルを見ていて、再度きっぱりと言った。

「王のお子様方のどなたかと結婚させてくださるというのでしたら、シリル王子を妻に迎えたいのです」

「な……なにを馬鹿な」

呆然としてしまってから、シリルはぷるぷると震えた。

「ふざけるな！　僕は男だぞ！　おまえと結婚なんかできるか！」

仮にできたとしても、狼獣人と結婚なんて、絶対に絶対にいやだ。

渾身《こんしん》の力を込めて睨んだが、ラウニは平然としていた。

「同性同士で結婚してはいけないという決まりはないはずです」

「普通はしないからわざわざ決まりを作るまでもないんだ！」

怒りで身体中が燃えるようだった。シリルは城から出たことがないけれど、世の中には男性同士や女性同士で愛しあう者もいることは、知識として知っている。だがあくまでも少数派なはずだし、シリル自身は男性を好きだと思ったことはない、というか、恋愛感情というもの自体が、よくわからなかった。

わかるのは母や姉に対する家族の愛情と、その他大勢に対する嫌悪や憎しみの感情だけだ。

「そういえば、獣人の中には同性同士で家族を作る風習があったと聞いたが、昔のことじゃなかったか？」

　エイブラムが腕組みをして難しい顔をした。ラウニは静かに頷いた。

「今でもおります、数は少なくなりましたが」

「しかし、シリルとじゃあ、褒美にならんだろう。たしかに容姿は愛らしいが、王子とはいえ、罪人になったんだぞ」

「エイブラムの言うとおりだ。私たちはラウニにお礼をしたいんだよ」

「いえ……」

　ラウニは言い淀《よど》むとエイブラムと王とを見比べて、言い直した。

「シリル様にかけられた魔法は、身体が縮んでしまうのでしょう？　万が一魔法を使って小さくなってしまったら、そばでお守りする者が必要です」

「守る役を、ラウニがしてくれると言うのか？　たしかにそれは心強いが……」

　王は複雑な表情を浮かべている。エイブラムははっと気づいたように目を瞠《みは》ってラウニを見つめた。

「そうか！　シリルの曲がった性根を直すために、おまえがひと肌脱いでくれるというのだな。褒美を辞退するどころか、さらなる忠誠心を示してくれるなんて、実におまえらしい」

　感激しきった様子で、エイブラムはラウニを抱きしめた。ラウニがやや困ったように

「殿下」と諫《いさ》めるが、エイブラムは気にせずに何度もラウニの背中を叩いた。

「おまえのように誠実で思いやり深い男が親友で、俺は果報者だ。どうか末長く、キプスウィッチ家を支え、ともにヴィロナスの繁栄に尽くしていこう。褒美にと考えていた宝石と金貨は予定の倍にして、明日にでも屋敷に届けさせるよ。いっそのこと、おまえには妹を二人とも嫁にやりたいくらいだ」

「申し上げたとおり、俺はシリル様がいいのです」

「うんうん、わかっている。俺としても、シリルはラウニのように立派な人間のもとで自分を見つめ直すのがいいと思う」

大好きだぞラウニ、とエイブラムは嬉しそうにもう一度ラウニを抱きしめると、シリルを振り返った。

「ということだ、シリルは嫁に行ったつもりで頑張りなさい」

「……っ」

怒りのあまり、シリルは声が出なかった。冗談じゃない。常識のないことを願うラウニが一番腹が立つが、王も兄もどうかしている。

ラウニはシリルが怒っているのを見ると、控えめにエイブラムの言葉を訂正した。

「お守りするにあたり、生半可な気持ちで王子を預かるなどというのは王家の皆様への失礼にあたるので、私としては妻に迎えたいです。比喩ではなく、実際にです」

「なんでそうなるんだ！　理屈がおかしい」

耐えきれずにシリルはつっこんだが、王はなぜか納得していた。

「そうだねえ。せっかくラウニがこう言ってくれているのに、つもりだけなどとは失礼だ。そなたのような騎士に家族として迎えられれば、シリルも幸せになれるだろう。シリル、これからはラウニの妻として、しっかり頑張らなくてはいけないよ」

「めでたい話ですね、父上」

「僕はっ、僕はいやです！」

どんどん雲行きがあやしくなってきて、シリルは焦った。エイブラムは眉を上げて叱ってくる。

「いやだなどと言うものじゃない。これはおまえを思ってのおしおき……じゃない、刑なんだ。ラウニのもとで反省し心を入れ替えれば、罰の魔法も解いてもらえる。もちろん、おまえの犯した罪は重いから、数か月で無罪放免とはいかないが、二、三年経《た》てば皆の気持ちも落ち着くだろう。いい子で過ごすんだぞ」

「私たちよりもラウニのほうが、シリルも素直に心をひらけるかもしれないね」

王は「よろしく頼むよ」などとラウニと握手していて、シリルは目眩《めまい》がした。いつのまにか、すっかりシリルがラウニと結婚することになっている。

（悪夢だ……魔女の魔法より、こっちのがずっと罰じゃないか）

喜んでいる王とエイブラムに対して、ラウニだけは、ずっと淡々とした態度だった。ごく真面目な表情で咳払いし、いずまいをただす。

「では、シリル様を妻に迎えるにあたって――もうひとつ、魔女に魔法の追加をお願いしたいのですが」

「魔法を？　うんうん、いいとも」

内容も聞かずに、王は認めてしまう。

「いいとも、じゃないです！　僕はいやだ！」

冗談じゃない、と逃げようとした途端、兵士たちがしっかりとシリルを捕まえた。そのあいだに、ラウニは魔女に耳打ちをする。魔女はぽっと頬を赤らめた。

「なんて慈悲深い騎士様でしょう。では、そのように魔法を変えておきますね」

「――おい！　どう変えるんだ。教えろ！」

ぞっとして叫んだが、誰も聞いてくれなかった。魔女はかるく右手を振って魔法をかけてくる。

「はい。これは簡単ですから、これで終わりです」

「ありがとうございます。では」

おもむろにラウニが近づいてきたかと思うと、足がふわりと浮き上がった。身をすくませた直後に肩に担ぎ上げられて、シリルは呆然とした。

大きな荷物みたいに、担がれている。この僕が。誇り高きエルラーンの血を引く王子が、獣人の肩に。

「いただいていきます」

簡潔に告げて、ラウニは大股で執政の間を出ていく。元気でな、と王が手を振っているのを、シリルはラウニの肩の上で、愕然《がくぜん》としたまま眺めた。

仮に結婚を許されたからといって、当日連れて帰るだなんて聞いたことがない、非常識だ、野蛮だ、横暴だ――と、ひとところりシリルは喚《わめ》いて暴れたが、ラウニはびくともしなかった。そのうちシリルも、彼に担がれて抵抗している自分がひどく目立っていることに気づいて、口をつぐまざるをえなかった。

王子がラウニと結婚することになった――などと使用人たちに知れ渡ったら、屈辱で死んでしまう。じっとしているしかなく、おかげでラウニに対する怒りは強くなってくる。

(それもこれも……こいつが意味のわからないことを父上にねだるから……！)

おまえにも復讐してやるからな、と心に誓うも、魔法が使えないことを思い出していっそう苛立《いらだ》ちがつのった。

もうこんな国はいやだ。絶対に逃げてやる、と決心を固めた数分後に、ラウニは城門近くに待機していた馬車に乗り込んだ。座席が向かい合わせに設置された、二頭立ての立派な馬車だ。窓のそばにシリルを座らせると、ラウニは斜め向かいに腰を下ろして、シリルはちょっとだけほっとした。隣とか真向かいだったら、とても耐えられない。

馬車が走りはじめたら窓から逃げる手もあるな、と思いながら外を覗く。正門から外に出た馬車は、のどかなスピードで広場に面した通りを進んだ。先日、ケイシー王子のお披露目が行われた挨拶の塔を仰ぎ見られる、あの広場だ。シリルがはびこらせた嘔吐花は綺《き》麗《れい》に取り去られ、育ちすぎた樹は切られて、壊れた壁の修復が、幾人もの魔女たちによって行われているところだった。

行き交う人々はもう壊れた城壁など気にしていないように見える。修復している魔女たちものんびりした雰囲気で、あんなに頑張ったのに、とシリルは唇を嚙《か》んだ。結局誰も、母の死を悼んではくれないのだ。

馬車は大通りを進んでいく。両脇に店が立ち並び、店の前にテーブルと椅子が出ているところもあった。席についた若い男たちは談笑しながら食事をしている。

(庶民はこんな道端で食事をするのか？　昼食なのか夕食なのか……なんだあの串に刺さった食べ物は。手摑みで食べているな。おいしそうではあるが……肉か？　野菜か？)

見たこともない光景に、つい視線が吸い寄せられた。もっとよく見ようとしても馬車が通りすぎてしまい、もどかしく思っているうちに今度は楽器を演奏する一団が見えてきた。

（街の中でも演奏会をするのか。変なところに銅像があるな——って、わああ！　動いた！）

金属の像のように見えた女性が急に踊り出して、シリルは目を見ひらいた。魔法かと思ったが、人間が像のふりをしていただけのようだ。びっくりして見送ると、次に見えてきたのは交差する通りにたくさん集まった、小さな露店だった。花や果物、野菜などが山積みで置いてあるのは、きっと売り物なのだろう。

（あれは市場だな、知っているぞ）

それにしても、なんてごちゃごちゃしているのか。人はたくさんいるし、壁の色は統一されていないし、やたらとものが多くて、馬車の中からでもがやがやした喧騒《けんそう》が聞き取れる。曇り空で雨が降りそうな天気だというのに、人々は活気に満ちていて明るく見えた。

城から出たことのないシリルにとっては、初めて見るものばかりだった。

「気になるものがあるなら、降りてご覧になりますか？」

シリルははっと身を硬くした。誰と馬車に乗っているか忘れていたわけじゃないのに、うっかり景色に見入ってしまった。それを見抜かれたのが悔しくて、ことさら顔をしかめる。

「降りたいわけないだろう。全然興味なんかない。外で食事をしたり野菜を野晒しにしたり、不衛生だと思っていただけだ。楽器の演奏だって、どうせ下手に決まってる」

「流しの音楽家たちはほかの国も回りますから、なかなか面白い曲を聞かせてくれますよ。市場には果物《くだもの》や軽食を試食させてくれるところも多いです」

「試食？」

「無料で味見させてくれるんです。今の時期なら苺《いちご》の飴《あめ》がけがおいしいです」

聞き慣れない言葉をラウニは言い直して説明し、シリルはついつり込まれた。苺は好物だ。飴がけってなんだ、と質問しかけ、我に返る。

「だから！　食べたくなんかない！」

「ではまた今度にしましょう」

ラウニはなぜか笑いを噛み殺している。なにがおかしいんだ、と腹を立てながら、シリルはもう一度窓の外を見た。徐々に店が減って、家らしき建物が増えてきた。花と木々を植えた小さな緑地帯を通り抜けると、ぐっと人通りが減る。庭のある大きな屋敷が並んでいて、同じ街なのに雰囲気が違う。

街というのはこんなふうになっているのか、と感心してから、シリルは腕を組んで床に視線を落とした。

（感心する必要はないな。ヴィロナスの王都など、取るに足りないのだから）

母が好きじゃなかった街だ。獣人も、危険な人間もいっぱいいて、王族が出歩く場所ではないと教わった。平民の暮らしが知りたいなら、エルラーンの都に行けばいいと、母はよく語ってくれた。真っ白なエルラーンの都は美しく、人々は慎み深くて丁寧なのだそうだ。王家は敬われ、女王とその部下たちは民のために、恐ろしい魔獣や獣人と戦っている。

「ヴィロナスでは王家の威厳というものがないがしろにされています。庶民は馴《な》れ馴《な》れしく、王族には自尊心がない。建物だって不揃《ふぞろ》いで、汚らしい色ばかりで洗練されていないのですよ。シリルのすべきことは、あんな不潔な場所に遊びにいくことではなく、王族としての自覚を持って城の中で勉強や鍛錬に励むことです」

そんなふうに言い聞かされたのは、まだ五歳のときだ。ほかの兄たちが王と一緒に離宮まで遊びにいく、ついでに村の祭りにも参加すると聞いて、行ってみたい、と口にしたら叱られたのだった。あのときは悲しかったけれど、実際に見てみると母の言うとおりだ、とよくわかる。

（たしかにごちゃごちゃしていて、洗練されてなかった。外での食事とか市場の様子も不潔と言っていい。母上は、ちゃんと正しいんだ）

これからも母の教えを守っていかなければ、と思いながら、シリルは自分を守るように腕をほどかなかった。

やがて馬がとまった。御者が降りて門を開け、再び乗り込んで敷地内へと馬を進める。大きな玄関の前に到着すると、馬車のドアがひらかれる。先に降りたラウニが差し出した手を無視して、シリルは自分で馬車を降りた。

思ったよりも庭の広い、立派な屋敷だった。ヴィロナスで好まれる赤煉瓦に白い石を組みあわせた、華美すぎない建物だ。高さのある扉が内側からひらき、使用人頭だろう老齢の人物が迎えに出てきた。

「お帰りなさいませ、ラウニ様」

言い終えるより早く、丁寧に胸に手をあてた彼の横から、黒い塊が飛び出してくる。ワン！　という元気のいい吠え声に、シリルは思わず後退《あとずさ》った。

「い、いぬ！」

猫は好きだが犬は怖い。しかも出てきた犬は黒くて大きく、四角張った強そうな顔をしている。体つきも筋肉質で、ハッ、ハッ、と息をしている口からは牙が覗いていた。そいつが、きらきらした目でシリルを見てくる。逃げようとした途端、犬が跳躍した。

「わ、わあああああ！」

襲われる、と思ったときにはもう、魔法を使っていた。焦ったせいか思ったように力が使えずに、ぽんぽんとそこらじゅうにたんぽぽの花が咲く。犬はそのまま飛びついてきて、シリルはぎゅっと目をつぶった。押し倒されるような、潰されるような感覚がする。ばさりとなにかが身体を覆い、目を閉じても暗くなったのがわかった。

「シリル様、大丈夫ですか？」

「大丈夫じゃない！」

妙に身体がすうすうする。まるで急に裸になったみたいだ、と薄目を開け、シリルはパニックになった。みたい、ではなく、いつのまにか全裸になっている。しかも周囲はよくわからない布の山で、顔を上げると恐ろしいほど巨大な犬がこちらを見下ろしていた。

「────っ！」

声も出せずに尻餅《しりもち》をつき、シリルは震えながら見上げた。空を塞ぐほど大きな犬なんて魔獣でしかありえない。まさかラウニは魔獣を飼育しているのだろうか。魔獣を操る獣人がエルラーンにはいるというから、ラウニができてもおかしくはない。

「失礼します、シリル様」

「うわあああああ！」

身体がひょいと持ち上げられて、今度は悲鳴が口をついた。すぐにどこかに下ろされたが、不安定な肌色の凹凸の上で、シリルはぺたんと座って口を開け閉めした。でかい。ラウニの顔までめちゃくちゃにでっかい。巨大化したその顔が、なんとも言えない表情でシリルを見つめていた。

「小さくなってしまわれましたね」

「おまえが大きく──あ、」

魔法を使ったせいだ、とシリルはようやく気がついた。犬やラウニが巨大化したのではなく、罰の魔法が発動して、シリルが小さくなったのだ。慌てて自分の身体を見下ろし、膝を抱えて座り直した。

「見るな！　無礼者！」

「申し訳ありません。だいたい全部拝見しました」

妙に真面目に言ってのけ、ラウニは手のひらにシリルを乗せたまま、服と靴を拾って歩き出した。ぐらりと揺れてバランスを崩し、やむをえず手近な親指にしがみつく。

「丁寧に運べ！　落ちるだろ！」

「シリル様を落としたりはいたしません」

心臓が不安でどきどきしていた。裸なのは屈辱的なだけでなく無防備だ。こわごわ見下ろせば床はひどく遠く、あの忌々しい犬が後ろをついてきている。

（……こんなに縮むのか）

目測だが、たぶん普段の身長のときの六分の一くらいしかなさそうだ。シリルのイメージでは、五、六歳の子供の身長になるのだろうと思っていたのだが、現在のシリルは子供が遊ぶ人形くらいの大きさだった。

これじゃなんにもできない、と思うと目の前が暗くなった。一週間もこのままだったら死んでしまう。

「ひとまずこちらにどうぞ」

ラウニは屋敷に入ってすぐの応接間で、長椅子にシリルを下ろした。シリルの服は向かいの椅子に、靴は床に置き、かわりに「羽織ってください」とハンカチを差し出してくる。シリルは奪うようにそれを身体に巻きつけた。ラウニは犬に向かって「座れ、トト」と命じたあと、じろじろと見下ろしてくる。

「なにを見てるんだ。見るなと言っただろう」

「すみません。あまり生えてないのでつい」

「なにが生えてないんだ。とにかく見るな」

よくわからないが、ラウニが照れた様子でやや頬を染めたのが気持ち悪かった。ぎゅっとハンカチを巻きつけ直しても心許《こころもと》なさは消えず、泣きたくなってくる。

「こんな罰、ひどすぎる」

目に入るのは、なにもかも巨大に見える世界だ。長椅子の前のテーブル、テーブルに置かれた花瓶、壁に取りつけられた燭台《しょくだい》――どれも大きすぎて、神話の中の巨人の家にでも紛れ込んだようだ。お座りした犬は離れた位置にいるが、尻尾が小刻みに動いていて、今にも飛びかかられそうなのが恐ろしい。

すっとラウニが手を伸ばしてきて、シリルはびくりとして首をすくめた。握り込まれたら潰れて死ぬ。縮こまって目をつぶると、ラウニの声が降るように聞こえた。

「元に戻りたいですか、シリル様」

見れば、ラウニは触るのをやめたようだった。身体を引いて半端な位置にある手から逃げ、シリルは言い返した。

「戻りたいに決まってるだろ。どうして僕がこんな目にあわなくちゃならないんだ」

「——」

「もうずっとこうだ。みんなして、僕が悪い、母上が悪いとしか言わない。母上のなにが悪いんだ？　母上のことをなにも知らないくせに、悪く言う権利なんか誰にもないだろう。だから僕は母上のために復讐をしているんだ。母親の名誉のために戦うのは、息子として正しい行いじゃないか。なのに、どうして責められる？」

吐き出すと、いっそう悲しさと悔しさが増した。世界は全然、シリルに優しくない。こんななら、全部めちゃくちゃになってしまえばいいのに。

「……僕は、母上が生きていたころに戻りたい」

冬の夜空のように神秘的な黒い瞳が、わずかに細まる。それからラウニは、思いがけず優しい表情を浮かべて、指先で慎重にシリルの頭を撫《な》でた。

「それは誰にもできないことですが、シリル様の身体の大きさを元に戻すことなら、お手伝いできます」

「おまえが？」

魔女の話では一週間このままだったはずだ。

「俺が手伝える魔法に変えてもらいました。せっかく一緒に暮らすのですから」

ラウニの真面目な口調に、シリルは顔をしかめた。いやな予感しかしない。

「……どんな魔法に変えた？」

「俺にキスしてくだされば、すぐに戻れます」

「な——んで、そんな条件……っ」

「キスが愛情を示すのにわかりやすい行動だと思ったからです。シリル様には人を憎むのではなく、愛情を知っていただきたいのです」

本気で吐き気がして、シリルは彼の鼻先に向かって指を突きつけた。

「この変態！　僕はおまえと結婚するなんて受け入れてないからな。指一本触れるのだっていやなのに、口なんか絶対にごめんだ！」

「口でなくても、手にキスしてくださるのでもかまいません」

「手にするのは忠誠の証《あかし》だろうが、おまえがするならともかく僕がするとかありえない！」

最低だ、とシリルは肩を震わせた。よりによってキスを、狼獣人にしなければ元に戻れないなんて、もはやいじめとしか思えない。

「では、小さいままでどうぞ」

ラウニは意外にあっさりと引き下がった。立ち上がると、大きな顔がはるか上へと遠のく。

「その大きさでも不自由がないようにして差し上げるつもりでいますが、準備が整うまでは我慢していただけますか」

「我慢なんてしない。おまえが可及的速やかに用意しろ」

きつくハンカチを巻き直し、シリルはなるべくラウニから離れようと長椅子の上で立ち上がった。ふかふかでバランスが取りにくい座面をどうにか歩き、端までたどり着いた途端、肘掛けの向こうから犬がぬっと覗き込んだ。

「ぎゃあああああっ」

今まで出したこともない叫びが喉から溢れて、シリルは後ろにひっくり返った。咄嗟《とっさ》に魔法を使った、ような気がしたが、首輪のせいでなにも起こらない。

「トト、ステイ」

ラウニの命令に応じて犬はやや不満げにお座りした。だが目は興味深そうにシリルを追いかけている。

「もうやだこんな犬！　どこかにつないでおけったら！」

「トトは俺の家族でもあるので、屋敷の中ではつなぎません。小さい生き物が可愛くて仕方ないだけですから、噛んだりはしませんよ」

「嘘つけ、さっきは大きい姿だったのに飛びついてきたぞ」

「あれは歓迎のしるしです。飛びつくこともめったにないのですが、シリル様のことが気に入ったみたいですね」

ラウニは向かい側の長椅子に置いたシリルの服を広げて犬を呼んだ。においをかがせて、「もう飛びつくなよ」と言い聞かせる。勝手にかがせるな、と文句を言いたくなって、シリルはぐっと我慢した。

「これでもう大丈夫ですが、小さいままだと難しいかもしれません。トトは仔猫《こねこ》でも小鳥でも可愛がりたい犬なので……一度満足するまで舐《な》め回せばおとなしくなるんですが、どうしますか？」

真顔で言ってくるラウニが恨めしかった。要はシリルにキスさせたいのだろう。

（どうせ僕の美貌に目が眩《くら》んでいるんだ。最低な男だな）

キプスウィッチ家の人気は高く、王族の肖像画は街の中でもあちこちに飾られているらしい。シリルも乗り気でないまま絵を描かれたことがあり、「容姿だけは国で一番愛らしい」と言われていることも知っていた。金髪とブルーグリーンの瞳は我ながら綺麗だと思うし、肌はきめ細やかで、小さめの唇はさくらんぼ色、ほっそりとした儚《はかな》げな佇《たたず》まいは妖精のようだと言われることもあった。ただし、使用人たちはいつもつけ加えるのだ。「いいのは外側だけで、中身は意地が悪くて高慢だ」と。

冷ややかにラウニを眺め上げ、シリルはちらりと彼の後ろの窓を盗み見た。狼獣人の要望どおり口づけをするのは腹立たしいが、元の大きさには戻りたい。着替えを口実にラウニと犬を追い出したら、あの窓から外に逃げられるはずだ。

「仕方ない、こっちに来て跪《ひざまず》け」

なるべく威厳を保って命じると、ラウニは従順に長椅子の脇で跪いた。差し出された指を摑み、人差し指の先にほんのちょっとだけ唇をくっつける。触れるか触れないかでも大丈夫だったようで、ふわっと魔力が強まるような感覚が全身を覆ったかと思うと、いつのまにか長椅子に腰かけた格好になっていた。通常の身長に戻れたのだ。

ほっとため息をついて、シリルはまだラウニが跪いているのに気がついた。至近距離で、視線はシリルの下半身に注がれている。

「っ、どこを見てるんだ馬鹿！」

大急ぎで彼から服を奪い、シリルは身体に押しあてた。ラウニは無表情のまま立ち上がって、「大丈夫です」と言った。

「さきほども見ましたので、今のは確認というか……シリル様のなめらかな肌や乳首の色はもう脳裏に焼きつきましたので、今後は見ないようにいたします」

「さりげなく破廉恥なことを言うんじゃない！」

こいつは本当に救国の英雄なんだろうか。いやらしい、と真っ赤になって、シリルはドアを指差した。

「さっさと犬を連れていけ！　僕が服を着るまで誰も近づけるんじゃないぞ」

「おひとりで着られますか？　お手伝いしますが」

「おまえにだけは手伝ってもらわない。出ていけ」

憤然と告げると、ラウニはやや名残惜《なごりお》しそうな顔をしたが、犬を呼ぶと背を向けた。ドアが閉まるのを確認してから、シリルはできるだけ素早くシャツを羽織った。

焦ると指がもつれそうになり、魔法の影響じゃないといいが、と唇を噛んだ。肉体関与の魔法は後遺症や副作用のような症状が出やすいのだ。だからこそ、刑罰や重要な戦闘など、限られたときにしか使われない。

もどかしい思いでシャツのボタンをとめ、下着とズボンを穿《は》く。揃えて置かれた靴に足をつっこみ、ベストを羽織りながら窓枠を手で押してみると、あっけなく開いた。窓は腰ほどの高さで、乗り越えるのは難しくない。そそくさと外に出て、シリルは耳を澄ませた。近くには誰もいない。屋敷の中の誰かが気づいた様子もなかった。

広々とした庭は木が少なく、見通しがいいのが心配だったが、走って門まで行ってみると、横の小屋にも誰もいない。

（門番を置いていないのか。そういえばさっきは御者が門を開けていたな）

用心する気がないのか、あるいは意外と金欠なのかもしれない。内心でラウニを馬鹿にしつつ、重たい門を押し開けて隙間から外に出た。

と、空からぽつりと雫《しずく》が落ちてきた。雨だ。夕方の空は低く雲が垂れ込めていて、これから雨が強くなりそうだった。濡《ぬ》れるのは嬉しくないが、もちろん、戻る気はない。

（このまま逃げるぞ。城にだって帰らない。姉上のところに行くんだから）

シリルは勇ましく歩きはじめた。だが、十秒ほど歩いただけで足がとまってしまう。

「——どっちに行けばいいんだ？」

顔を上げても、あちこちの家に植えられている樹木のせいで、城は見えない。雨を降らせる雲は分厚く、太陽の位置もわからなかった。エルラーンに行くには北の方角に進めばいいのだが、人に聞くのは躊躇《ためら》われた。

大きな通りは人は少ないが、それでも何人かは行き交っている。皆傘をさしていて足早で、シリルに気づいた様子はないけれど、うかつに声をかけて王子だと知られたら、ラウニのところに連れ戻されてしまうかもしれなかった。

ちょうどすれ違った二人連れが、雨に濡れながら立ちどまっているシリルに不審そうな目を向けてきた。ひそひそと囁《ささや》きあう彼らから逃げるように、シリルはさりげなく俯《うつむ》いて歩き出した。

街では（城でもだが）シリルは嫌われ者なのだ。見つかれば連れ戻されるどころか、危害を加えられる可能性もある。先日のケイシー王子のときだって、懲らしめてやりたいという連中がいた。今はいっそう憎まれているだろうと、いやでも想像がついた。

不安のせいか、胸が張りつめたように熱っぽい。にぶい痛みに心臓の上あたりを押さえ、城から屋敷まで通ってきた道を思い出そうとした。

公園のような小さな緑地帯を通り抜けたあとは、馬車は曲がらなかった気がする。ということはまっすぐ進めば、緑地帯までは行けるはずだ。その前は人通りも多かったから、それとなく観察して、北に向かう道を探そう。できれば傘もほしいし、今夜眠る場所もどうにかしなければならない。

（庶民は金を払って買い物をしたり泊まったりするんだよな。王子という身分を明かせば請求は城に持っていってもらえるかもしれないが、僕だと知られるわけにはいかないし……）

外で寝るのはいやだな、と憂鬱な気分になりかけて、痛む胸をぎゅっと押した。弱気になっている場合ではない。エルラーンに行くには、山道も通らなくてはならないのだ。

なにか食べ物を持ってくればよかった、と思いながらどうにか進むと、後ろから足音がした。ぎくりとして振り向くと、若い男性と目があって、彼は「あれ？」という表情になる。横の家から出てきた女性もじろじろと眺めてきて、シリルは細い横路地へと逃げ込んだ。

よく知っている道ですよ、というそぶりで足早に歩きながら、心臓がどきどきした。シリルだと気づかれただろうか。隠れたほうがいいかもしれない。でも、どこに？

そっと振り返ると、大通りをロバが通り過ぎていくのが見えた。ロバが見えなくなると、さきほどの女性がまだ睨んでいるのがわかって、さっと背を向ける。自然、走るような足取りになった。

「おや、そこの方」

急に横から声がした。どきっとして足をとめてしまい、シリルは後悔した。路地よりもさらに狭い家と家の隙間から、傘をさした二足歩行のたぬきが出てきて、シリルを見ていた。獣人には人間寄りの姿と、動物に近い見た目とがあって、声をかけてきた男性はほとんどたぬきに見える。きちんと着込んだ学者のような服が、ふかふかの毛に覆われたたぬきの顔とアンバランスだった。

「これから雨がひどくなりますよ。傘をお持ちでないと濡れてしまいます。どちらまで行かれるのですか?」

「——おまえには関係ない」

よりによって獣人に声をかけられるなんて、と苛立って、シリルは顔を背けた。胸が不安と焦りで痛む。動悸《どうき》がするだけでなく、腫《は》れぼったく熱っぽいのがいやな感じだった。

歩き出しても、たぬき獣人はついてくる。

「でも、もうすっかりびしょ濡れじゃないですか。今夜は冷えますから、風邪をひいてしまいます。よかったら、私の家に寄ってください」

「関係ないと言ってるだろう。余計なお世話だ」

「私の家が不安でしたら、近くにラウニ様のお屋敷もあります。そちらまでお送りしましょうか」

ぽてぽてと走りながら、たぬき獣人はしつこく話しかけてくる。

「見たところ、荷もお持ちではないし、このあたりにお住まいではありませんよね。どこに行かれるにしても、明日にしたほうがいいです」

「うるさいな！」

シリルは怒鳴った。途端、使うつもりもないのに魔力が放出されて、地面からわさわさと草が生えてくる。

しまった、と思ったが遅かった。頭を押さえつけられるような感覚がして、あっというまに身体が縮んでいく。水たまりに落ちた服の真ん中に座り込んだ格好で、シリルは呆然とした。

――小さくなってしまった。

「大丈夫ですか？」

慌てた様子で、たぬき獣人がかがみ込んだ。傘がさしかけられたおかげで雨粒が遮られたが、ありがたくは思えなかった。

「おまえのせいだぞ、たぬき」

じろっと睨《ね》めつけると、たぬき獣人は困ったように眉毛のような毛を上下させた。

「すみません、驚かせてしまいましたね。やっぱり、ラウニ様のところにお連れします」

「あいつのところだけはいやだ！　どうしてもというなら城に——」

連れていけ、と言いそうになって、シリルは口をつぐんだ。このたぬき獣人がおせっかいを焼いてくるのは、シリルの正体に気づいていないせいだろう。嫌われ者の王子だと気づいた彼が怒ってなにかしてきたら、小さい姿では抵抗もできない。

ひげをそよがせて、たぬき獣人が微笑《ほほえ》んだ。

「お城にご用事でしたか。でしたらなおのこと、ラウニ様のところに行くのがいいですよ」

「だからあいつのところはいやだ！　どうしてもというなら、おまえの家でいい」

「失礼します」

ひょい、と服ごと抱え上げられて、シリルは今さらながら、シャツの端っこで身体を隠した。たぬき獣人は器用に右腕でシリルと服を抱え、右手で傘をさし、左手にはシリルの靴をぶらさげて、シリルが逃げてきたばかりの道を引き返した。

迷いながらもけっこう歩いた、と思ったのに、ラウニの屋敷まではあっというまだった。門は開けはなされていて、たぬき獣人が庭に入ると、玄関からラウニが飛び出してくる。

「テッド！　ちょうどよかった、頼みが——」

真剣な表情で言いかけたラウニは、たぬき獣人の腕に抱かれたシリルに気づくと、驚いて目を見ひらいた。尖った耳がいっそうぴんと立って、それから力が抜ける。

「この方が雨の中を歩かれていたので、ラウニ様のところにお連れしたほうがいいかと思いまして」

「助かったよ、テッド。ありがとう」

ラウニが手を伸ばして、服ごとシリルを抱き取る。

「日没までかかるかと思っていましたが、すぐに見つかってよかったです。お怪我はありませんか?」

安堵の滲む声が、ひどく癇《かん》に障《さわ》った。逃げたところですぐに連れ戻される程度のところにしか行けないのだ、と思われているようで、違う、と言いたくなる。邪魔さえ入らなければ、シリルだってエルラーンまで行けたはずだ。

「……たぬきのせいで、台無しだ」

シリルはラウニとテッドを、順番に睨みつけた。

「ラウニといいたぬきといい、どうして僕の邪魔ばかりするんだ? おまえたちは親切のつもりかもしれないが、こっちはいい迷惑だ。動物は動物らしく、人間の邪魔にならないように小さくなっていればいいものを、いちいちいちいち出しゃばって——煩わしい」

テッドがしょんぼりと耳を下げた。ラウニは表情を消して立ち尽くしている。傷つけばいい、と思いながら、シリルは言い放った。

「母上が嫌っていたのも当然だ。僕も改めて嫌いになったよ。不潔そうだしお節介は鬱陶しいからな。今後は二度と、頼まれてもいないことをしないでくれないか？」

「そんなにご迷惑でしたか……」

テッドは背を丸めて俯いている。気弱そうな姿にふんと鼻を鳴らしたシリルは、ラウニの顔も拝んでやろうと視線を移した。

不機嫌になるか、怒っているだろうと思ったのに、ラウニは妙に静かな顔だった。なにを考えているか読み取れない目が、シリルを見下ろしてくる。

「テッドはシリル様を助けてくれたんですよ。そのテッドに向かって、言う言葉がそれですか？」

声もまた、感情が伝わってこない。にもかかわらず気圧《けお》されて、シリルは居心地悪く身じろいだ。今のシリルは文字どおりラウニの手の中だ。無意識のうちに身を守ろうと服をたぐり寄せ、精いっぱいきっぱりと言い返した。

「だから、助けてくれなんて言ってない」

「そんなわがままな子供の理屈が通用するとお思いですか？」

すっと細められたラウニの目の奥に、剣呑《けんのん》な光が浮かんだ、ような気がした。表情も声の調子も変わらないのに、シリルは動けなかった。

「親切にされて不機嫌になるのは愚かな対応です。頼んでないとかお節介だとか、苛立ちをぶつけて一瞬だけ気が晴れても、なにもいいことはありません。そんな態度ばかり取っていたら、本当に助けが必要になったとき、シリル様のそばには誰もいなくなっていますよ」

　僕は助けなんかいらない、とシリルは言おうとした。

　けれどうまく声が出ず、ラウニはテッドに向かって「すまなかった」と詫《わ》びた。

「悪いが、また寄ってもらえるか？」

「もちろんです。では、また今度」

　テッドはなにか言いたそうに口元をもぐもぐさせたが、結局は微笑んで踵《きびす》を返した。見送って、ラウニは屋敷の中に入る。こっそりと見上げた顔は凍りついたように変わらない表情で、ちくちくと胸が痛んだ。

（……獣人のくせに、この僕に説教するなんていい度胸だ。愚かだって？　馬鹿なのはそっちのほうだろう。僕は獣人に嫌われたって痛くも痒《かゆ》くもないし、誰の助けもいらないんだ）

　胸を張って思いきり睨んで、そう言ってやりたい。なのに、拒絶するようなラウニの表情を見上げていると、どうしても声が出てこなかった。

　ラウニは二階に上がると部屋に入り、寝台の上にシリルだけを下ろした。

「こちらがシリル様の部屋です。今はキスする気分じゃないでしょうから、好きなだけ小さいままで過ごしてください。服は洗濯しますが、布団があれば裸でも寒くないでしょう」

「――」

「部屋の外には護衛がわりにトトにいてもらいます。では」

事務的な単調さでそう告げると、ラウニはさっさと部屋を出ていく。ドアが閉められるのを見届けて、シリルは唇を噛んだ。心の中だけでも悪態をつきたい。偉そうな狼獣人め、と罵って、自分の正しさを確かめたいのに――なにも浮かんでこなかった。

ちくちくと、心臓の奥が痛み続けている。きっと怒りのせいだ、と思い込もうと頑張ったものの、だんだんと悲しくなってきて、シリルは枕元から布団の中にもぐり込んだ。

肌触りのいいシーツとやわらかい毛布に挟まれて、さっきは、と自分に言い聞かせる。ラウニが正しいわけじゃないが、さっきは、シリルもよくなかった。仮にそれがシリルにとって嬉しくないことでも、なにかしてもらったらお礼を言うのは当然のことだ。母にもそう教わった。母が教えてくれたのは、姉や先生にはお礼を言うように、ということだけで、使用人にも言えと教わったことはないけれど、ここはお城ではなく、たぬきは侍従でもないのに心配してくれた。親切だったのはちゃんとわかっている。こういう場合は、お礼は言ったほうがいいんだろう。母が教えてくれたとおり――ラウニが怒ったとおり。

次にテッドとやらと顔をあわせる機会があったら「ありがとう」と言うのはかまわない。一度は不躾《ぶしつけ》な態度を取ったから、それについて「すまなかった」とも言おう。でも。

（……でもきっとあのたぬきは、もう僕のことは助けないだろうな）

にぶい、刺さった棘《とげ》が抜けないような痛みとともにそう思う。誰もいなくなる、とラウニは言ったけれど、間違っている。だって最初から、シリルのそばにはいないのだ。母と姉以外、シリルの味方と呼べるような存在がいたことはないのだから。

今はひとりぼっちだ、と思うと真っ黒な塊に潰されてしまいそうな錯覚がして、シリルは膝を抱えた。布団の中は暗く、小さな身体ではやわらかい毛布も羽布団も重たい。疲れているのに眠れそうになく、シリルは長いこと、シーツの一点を見つめていた。

明け方まで眠れなかった気がしたのに、はっと気がつくといいにおいがしていた。シリルを呼ぶ声と同時に、あたりが明るくなる。

「おはようございます。眠れましたか?」

ラウニの声に、シリルは慌てて飛び起きた。やたらと寝台が広く、きょろきょろと見回して予想よりはるか上にラウニの巨大な顔があるのに気づいて、自分が小さいのだと思い出す。シリルは枕の端を摑み寄せ、どうにか裸を隠した。

「食事をお持ちしましたが、どうされますか? 小さいまま挑戦してみるか、元の大きさに戻られるか。ただし、戻りたいなら、あとでテッドに謝るのが条件です」

昨夜と同じく、ラウニの表情と声は怖いくらい淡々としていた。まだ怒ってるのか、とシリルは顎を引いた。狭量なやつだ。性格も悪い、と思いつつ、注がれる視線から逃げるように目を逸らす。

「……謝る。べつにおまえの言い分を認めたわけじゃないが、あのたぬきが善意から僕を助けようとしたことについては、相応の礼を言うのが王子として正しい対応だ」

「あのたぬき、ではなく、たぬき獣人のテッドです」

きっちり訂正しつつ、ラウニが腰を折った。シリルと視線の高さをあわせ、微笑みかけてくる。

「ですが、さすがシリル様です。過ちをすぐに認められるのは、立派な王子の証拠ですね」

「……立派？　僕が？」

「はい。ただ言われたから反省するのではなく、王子としての矜持《きょうじ》を持って、ご自分で考えて反省されたのでしょう？　素晴らしいです」

はじめは皮肉かと思ったが、張りのある声と本当に嬉しそうな表情に、じわりと胃のあたりが熱くなった。

夜のあいだずっと巣食っていた、暗くて重たい塊が溶けていくような、気持ちのいい熱だ。

――手放しに褒められたのは、いつ以来だろう。一言だけでも褒められたのさえ、最後がいつだったか、シリルは思い出せなかった。

不覚にもちょっぴり目頭まで熱くなって、シリルはさらにそっぽを向いた。

「べっ、べつに、おまえに褒められても嬉しくなんかないぞ！　ただ、母上が教えてくださったとおりに、当然のことをしただけだからな！」

「当然のことでも、できない人間は多いものです。——シリル様は、本当にお母様を大切にしていらっしゃいますね」

それは時折使用人から投げかけられていたような嫌味っぽい調子ではなく、労《いた》わるように優しい声音だった。穏やかな表情をしていると、ラウニのどこか厳しく見える顔立ちもやわらかく見えた。

「……母上は、立派な方だったから……」

「存じております。エルラーンの姫らしく気高い方だったそうですね。俺は遠くからしかお見かけしたことがありませんが、シリル様と、金色の髪がそっくりでした」

「母上のほうがお綺麗だった」

久しぶりにロザーン妃を褒められたのが嬉しくて、シリルは滲みかけた涙をこっそり拭った。そこに、ラウニが人差し指を差し出した。

「シリル様ならきっと、テッドに謝ると言ってくださると思って、朝食にはシリル様がお好きそうなものを用意しました。大きいほうが食べやすいですから、キスをどうぞ」

「――うん」

目の前のラウニの指を掴んで一瞬だけ唇をくっつけると、ふわりと身体があたたかい魔力で覆われるような感覚があって、見える世界が一気に縮む。ぺたんとベッドの上に座った格好で、シリルはほっと息をつきかけ、至近距離のラウニに気づいて仰《の》け反《ぞ》った。

「っ、馬鹿！　近い！」

それこそキスするかのように、ラウニの顔が近くにある。ラウニも慌てたように上体を起こすと咳払いした。

「あの魔女の魔法はよくできていますね。戻ったときに危険がないように体勢なども適宜調整されるようですが……規則性がわからないから、うっかりすると事故りかねないな」

最後はほとんど独り言だった。シリルは布団で身体を隠しつつ、「服！」と命令した。

「着替えるあいだは外に出てろ。それと、今度から僕が元の大きさに戻るときは手の届かない範囲に離れておけ」

「キスしていただいたあとに離れるのはなかなか難しいですが」

「つべこべ言うな、おまえが変な魔法を追加させるからこんなことになったんだぞ、責任を取れ」

まったく迷惑だ、と憤慨した途端、きゅるる、とおなかが鳴った。昨日の夜からなにも食べていないのだ。ラウニは服を取ってきて手渡すと目を細めた。

「着替えるあいだにお茶を淹《い》れておきます。背を向けていますから、裸は見ません」

「…………絶対振り向くなよ」

「もちろん、お約束します。──こういうやりともいいものですね」

微笑む顔がなぜか機嫌よく見えて、怒られたのに変なやつだ、と思いながらシリルは急いで着替えた。

シリルも、なんだか気分がいい。それに、こんなにおなかがすくのは初めてかもしれない。

不思議と清々《すがすが》しい気持ちで着替えを終えてテーブルに近づくと、並んだ豪華な料理に目を奪われた。フルーツにジュース、オムレツ、それになにやら茶色のものが載ったスープや、不思議なソースのかかった肉など、見たことのない料理もある。

「おまえの家は料理人だけは一流を雇っているんだな」

「料理人も腕はいいですが、この朝食は俺が作りました」

引いてもらった椅子に腰かけて、シリルはびっくりしてラウニを振り仰いだ。

「おまえが？　料理するのか？」

騎士が料理をするなんて聞いたことがない。しかも、並んでいるのは盛りつけも美しい、城での正式な食事会での料理のようなものばかりなのだ。

「趣味のひとつなんです。料理をしていると無心になれるので、心が落ち着きます。シリル様は昨晩なにも食べなかったので、空腹だろうと思って品数を多めにしておきました」

そっと置かれた紅茶は香り高い。口に含めばほどよい渋みで、シリルはさっそくフォークを手にした。まずは見てすぐわかるオムレツを崩す。とろとろに仕上がったオムレツの中にはマッシュルームが入っていて、塩気が心地よかった。

悔しいが、めちゃくちゃおいしい。

「これ、本当におまえが作ったのか？　素直に料理人に頼んだと言ったほうがいいぞ」

控えたラウニをちろりと見上げると、微笑が返ってくる。

「では今度、厨房《ちゅうぼう》で作っているところをお見せしましょう。よかったら、料理の説明もしましょうか」

「……うん。頼む」

美しい料理はどれもおいしそうなのだが、独創的でなにが材料なのかわからないものもあった。ラウニはひとつずつ指差した。

「こちらが緑野菜のスープです。上には芋を細切りにして揚げたものを載せましたので、崩しながら一緒に召し上がってください。オムレツはもう召し上がっていただきましたが、マッシュルームを入れてあります。隣がメインの二種で、白身魚のクリーム煮にミルクの泡を載せたものと、塩漬け豚の薄切りソテーに、ハーブとレモンをあわせたソースを添えたものです。口直し用に果物のヨーグルトあえ、デザートはチーズケーキと苺の飴がけです」

あ、とシリルは口を開けた。苺の飴がけは、市場で食べられると昨日ラウニが言っていた。

「召し上がってみたいかと思って、市場と同じように串に刺しておきました。手で持ってかぶりついてくださいね」

「べっ、べつに食べたいなんて言わなかっただろう」

強がったものの、もう一度おなかが鳴りそうだった。どれもシリルの好きな食材ばかりが使ってある。苺の飴がけは、名前どおり小ぶりの苺全体に透明な飴がかかっていて、見るからにつやつやとおいしそうだった。つい手を伸ばしそうになって、シリルはフォークをスプーンに持ち替えた。まずはスープからだ。揚げた細切り芋はスプーンでつつくとさくさくと崩れ、口に入れるとまろやかなスープが細切り芋に絡んで、食感も香りもいい。

おいしすぎる、と感心しそうになり、シリルは小さく首を振った。きっと空腹だからだ。それに、いくらなんでもこれをラウニが作ったわけがない。せいぜい器によそったとか、その程度だろう。

「あとで料理人を呼べ。これは褒めてやってもいいレベルだ」

「今褒めてくださらないんですか？　横にいますが」

「嘘はもういい、どう考えてもおまえが作ったわけないだろう」

手柄の横取りはよくないぞ、と諫めてもぐもぐと塩漬け豚のソテーも頬張って、シリルは顔をしかめた。すごくおいしいのだが、胸が痛い。気のせいか、と思ったが、妙に熱っぽく腫れたような感じがして、腕を動かすと引っ張られるように痛んだ。

そういえば、昨日逃げ出したときも胸が痛かった。やはりかけられた魔法の副作用だろうか。眉をひそめると、ラウニが低い声で言った。

「ミルクのにおいがしますね」

「この白身魚に、ミルクの泡が乗っているからじゃないか？」

「いえ、そのにおいとは別です。シリル様からミルクのにおいがするんです」

見ればラウニは、訝《いぶか》しそうに眉をひそめていた。

「僕からそんなにおいがするわけないだろ……、う」

変なことを言うな、と睨もうとした途端、胸を襲う熱っぽい痛みが強くなって、シリルは耐えかねてそこを押さえた。

「……あれ？」

手のひらに、なぜか濡れたような感触があった。なにかこぼしただろうかと押さえた手を離して胸元を見下ろし、シリルはブラウスの一部が、薄赤く染まっていることに気がついた。ちょうど左胸の乳首のあたりだ。

「血が……っ」

赤っぽい色なら血以外に考えられない。胸が痛いのは出血のせいだったのだ、と思うとぞくりとして、シリルはそこを再度押さえてラウニを見上げた。

「ど、どうしよう。胸から出血してる」

「見せてください」

真顔になったラウニがボタンを外しはじめる。おとなしく脱がされながら、やはり魔法のせいだ、とシリルは思った。副作用で出血するなんてひどすぎるから、せめてやり直しをしてもらわなければ。

シャツをはだけたラウニはなぜか無言で動きをとめていて、シリルは泣きそうになった。

「そんなにひどいか？　なんだか痛いと思ってたんだ……」

「ひどい、というか」

ごくり、とラウニが喉を鳴らす。

「血ではないようです。赤く見えたのは、濡れて乳首の色が透けたんじゃないでしょうか」

「嘘だ」

首を横に振っただけで、じくじくと乳首が疼《うず》いた。左胸だけではなく、右胸も同じだった。痛くて恐ろしくて、自分ではとても確認する気になれず、シリルはぎゅっと目をつぶった。

「痛いし、いっぱい出てるだろ……」

「そうですね。けっこう出てます。その……おっぱいが」

真面目ぶったラウニの声がなにを言っているのか、一瞬理解できなかった。おっぱい？と疑問符だらけになったのがわかったらしく、ラウニが言い直す。

「お乳が出てます。シリル様」

「ふざけたことを言うな。本当に痛いんだぞ」

目を開けて睨むと、ラウニは困惑した表情だった。

「でも、見てください。血ではありません。白いです」

「こんなに痛いんだし、僕から乳汁が出るわけがないだろう」

どこまでからかう気なのかと憤慨して自分の胸を見下ろし、シリルはぽかんとした。唇と同じさくらんぼ色の乳首が、白い肌の上で存在を主張している。いつになく腫れたその乳首からぷつぷつと小さな白い雫が滲み出ていて、見ているあいだにも膨れ上がり、ごく控えめに垂れた。

そんな馬鹿な、と呆然とすると、ラウニがおもむろに指を近づけた。親指と人差し指で乳首を挟み込まれ、「やっ」と声が出る。

「いた……っや、やめ、……ぁッ」

ほとんどない乳輪から先端に向けてしごくようにつままれると、にぶいとも鋭いともつかない痛みが駆け抜けた。同時に、乳首からはいく筋も白いものが飛び散る。

「やはりお乳です。搾ると出ますから」

「し、搾るなっ、いた、……っや、そっちもいやだっ」

ラウニは右の乳首もつまんできて、左右同時に絞られる。ぴゅっと両胸から乳汁が噴き出して、シリルはかくんと仰け反った。痛い、のに、乳首からびんびんと響く不思議な感覚は、手足から力を奪ってしまう。

「まだ出そうですね」

呟《つぶや》くように言いながら、ラウニがくにくにと乳首を揉《も》む。やめろ、と言いたいのに、かるく力を入れて搾られると、またあのびぃんと響く感覚が身体中に伝わって、短く息が漏れた。

「……っ、は、……っ」

肌がぴくぴくと震える。頭がぼうっとし、完全に脱力してしまったシリルに、ラウニが我に返ったようにまばたきした。

「搾れば搾っただけ出そうですが……大量に出すのがいいかどうか、心配です。立てますか？」

「――ん」

まともに話すこともできなかった。かろうじて首を横に振ると、ラウニが椅子から抱き上げた。ベッドまで運んで丁寧に下ろされ、半分も食べていないテーブルを見る。

「あさごはん……」

「落ち着いたらあとで作り直します。先に医者を呼びましょう」

寝かせたシリルに丁寧に布団をかけて、ラウニは素早く部屋を出ていく。シリルは目を閉じて深呼吸した。まだ身体中が変な感じがする。胸も痛くて、かばうように横倒しになってから、シリルは股間の違和感にぎょっとした。

（これは……緊満硬直……）

シリルも肉体的に健康だから、数年前に初めてこの状態になったとき、担当医から身体のしくみについては教えてもらった。男性として当然の機能で、精神的肉体的に興奮したときなど、股間にエネルギーが集まって性器が硬くなり、屹立《きつりつ》した状態になるのだ。朝目覚めたときはよくこうなってしまうけれど、その「いつも」に比べて明らかに硬い。

（あの魔女、魔法が下手なんじゃないか？　胸も痛いのに、ここも痛いなんて）

恨めしくて、シリルは両手を腿《もも》に挟むようにして股間を押さえた。どうしても収まらないときの処理の仕方も教わったけれど、「快感が得られるからとやりすぎてはいけません」とも言われたから、なるべく自然と静まるのを待つようにしていた。

だが、今日は時間がかかりそうだ。

あの魔女にも復讐してやらねば、と神に誓ったとき、忙《せわ》しなくドアが開いた。

「シリル様、医者を呼んできました」

ずいぶん早い。膨らんでしまった下半身に気づかれないよう、布団をかけたまま寝返りを打つと、心配顔のラウニの横にいたのは眠たげな顔の黒ローブ姿――魔女だった。

「ちょうどいい。今すぐこの忌々しい魔法を解くか、そうじゃなかったらかけ直せ。副作用がひどすぎる」

「そういうことはわたしの一存では決められません」

眉尻を下げて、魔女は手を伸ばしてきた。

「まずは診察させてください。本当に魔法の副作用か、あるいは病気なのかを確かめないと」

「おまえ、医者じゃないだろう」

「医者ですよ。肉体関与の魔法は使える人が少ないから、刑務官として登録されてはいますけど、影響が大きい魔法でしょう？　だから医学を勉強して、普段は医者をやってるんです」

シャツを押さえようとしたシリルの手を払って、魔女が胸をはだけさせてくる。胸は相変わらず腫れぼったく、ぷっくりした乳首にはかすかに乳が滲んでいた。

見るなり、魔女はあっさりと言った。

「ああ、これは副作用ですねぇ。身体を小さくすると、その分魔力や生命エネルギーが濃縮されるんですね。そのため、小さく変化している時間が長いほど、元に戻ったときに、余剰エネルギーがいろんなかたちで出てくるのですよ。鼻血がとまらなくなったりとか」

「それはそれでいやだな……薬はないのか？」

魔女はシャツを元どおりに直してくれながら、「大丈夫です」とあくびした。

「出てるあいだは熱がこもった感じがしてつらいと思いますが、余分なエネルギーが放出されちゃえば、自然によくなります。お乳は放っておくと滲むだけで時間がかかると思いますから、ちゃっちゃと搾ったらいいです」

その言い方はあんまりだ、とシリルは思う。だいたい、王子の前であくびとはなんだ。叱ろうとしたが、それより早く、腕組みして片手を顎に添えたラウニが質問した。

「出なくなるまで搾っていいんだな？」

「はい、出なくなるまでです」

それじゃわたしはこれで、と魔女は再度あくびをした。

「すみません、朝まで実験してて、寝たのついさっきなんですよぅ。帰りますね」

「待て、困る！　解除するかせめてかけ直せと言ってるだろ！」

焦って起き上がったが、まだ硬い股間が気になってベッドから出られない。躊躇《ちゅうちょ》しているうちに魔女は本当に出ていってしまい、シリルは手を伸ばしたまま呆然とした。せめて、緊満硬直も副作用か確かめたかったのに。

「大丈夫です、シリル様」

重々しく、ラウニが告げた。

「このラウニ・ディエーリガ、今まで人並み以上にできなかったことはありません。乳も、上手に搾れます」

「い、いい！　自分でやる！」

ぞくっと背筋が冷たくなって、シリルはベッドの上で後退った。ラウニが強引にベッドに上がってきたら殴ろうと拳を握ったが、彼は立ったまま、じっとシリルを見下ろしてくる。

「では、ご自分でやってみてください。きちんとできるかどうか、見て確かめてみませんと」

「……見せなくてもひとりでできる」

「そういうわけにはいきません。搾り残しがあったらどうするんですか？　魔法による罰は当然としても、副作用で苦しい思いをされるのは、陛下たちも望まないでしょう。陛下は俺を信じてシリル様を任せてくださったのですから、シリル様が不要な苦痛を味わわないようにするのも、俺の役目です」

低くよく通る声には説得力があり、言い切られるとうまく反論できなかった。シリルはしかたなく、おずおずと右の乳首をつまんだ。

痺れるように痛み続けるそこを、さっきラウニがしたようにしごこうとするが、痛いのが怖くてどうしても力が入れられない。こするだけだと乳首はむず痒く、シリルは無意識のうちに膝を立てた。

「もう出ない、みたいだ」

「全然だめですね。左胸を見てください、滲んでいます」

たしかに、まだ白いものは出てきている。我慢すればいい、と強がりかけて、シリルはすぐにくじけた。胸は昨日よりも明らかに痛い。ぱんぱんに張りつめた感じと熱っぽさと、じんじんした痛みが、いつなくなるともわからないのに我慢するのはいやだ。

それに——胸の痛みさえおさまれば、股間だって楽になるはずだ。これも魔法の副作用に決まっているのだから。

「……さっさとすませろ、あと僕の顔は見るな」

ふい、と顔を背けると、ラウニは「承知しました」と真面目な声で言った。

「では、俺は座りますので、シリル様は膝にどうぞ」

「なんでそうなる！」

「後ろから手を回して乳搾りさせていただけば、顔は絶対に見られないでしょう？」

「………それもそうか」

真顔で言われると説得力がある。たしかに股間も見られる心配はないから、一石二鳥かもしれない。

ベッドに腰かけて待ちかまえているラウニに背を向けて、彼の膝の上に尻を乗せた。その腰を、ラウニが「失礼します」と言いながら引き寄せた。

背中が、ラウニの身体に当たる。後ろから抱っこをされるような状態はひどく恥ずかしかったが、ラウニからはシリルの顔が見えないように、シリルからもラウニの顔が見えないのはいくらかほっとした。

腕を上げさせられ、脇からラウニの手が胸に這《は》う。両方の乳首をそっと撫でられて、咄嗟に口を塞いだ。

「……ん、……っ」

弾力を確かめるように乳首を揺らされて、あのにぶいとも鋭いともつかない痛みが胸から広がっていく。いらない動作はするな、と命令したいのに、手をどけたら変な声が出そうだった。ラウニは胸全体もかるく押すように触れて、それからようやく乳首の根元をつまんだ。

「搾ります」

「――っ、ふ、……ん、ん……っ」

ぷしゅぷしゅと乳汁が飛び散る。いつのまにか閉じた目の奥で光が弾け、シリルは背を丸めた。

「シリル様、前かがみになると搾りにくいです。こちらにもたれて、楽にしてください」

生真面目な声を保ちつつ、ラウニは胸から手を離して肩を押してくる。丁寧だが力強く寄りかからされ、シリルは荒い息をつきながら頭を後ろに預けた。目を開けても視界がちかちかする。再び胸に触れられるとびくんと身体が跳ね、搾られれば強い痺れが駆け抜けた。

「……っ、は、……んっ……」

これは、とぼんやりした意識で思う。

この感覚は──知っている。「やりすぎてはいけない」と医者に言われた、緊満硬直の処理方法で「吐精」をしたときの、あの感じだ。後ろめたいのにたしかに気持ちよくて、癖になってしまいそうな、快感という感覚。

「たくさん出ましたよ、シリル様。一度に搾れる量は少し減ってきたようです」

耳の奥まで腫れてしまったようだった。淡々としたラウニの声がぼやけて聞こえる。

「もうちょっとだけ、頑張ってください」

屈辱的な魔法の副作用で、嫌いな狼獣人に胸を搾られているのだから、快感なんかあるはずないのに、意識はふわふわと浮いたみたいだった。励まされると安堵したような心地になって、ささやかな乳輪まわりをいじられるのも受け入れてしまう。

「──ぃ、あ……ッ」

ゆっくりとしごかれると、今度は胸の奥から溜《た》まっていたものが出ていく感触がして、

痛みとえもいわれぬ感覚とに気が遠くなる。身体が勝手にそり返り、長い衝撃が過ぎるとどこにも力が入らなくなった。口を塞いでいた手もだらんと落ちてしまうと、ラウニはずるずるとすべり落ちそうな身体を抱き直してくれた。

「いいですね。搾りやすくなりました。といっても、もう終わりそうですが……残らないよう、揉んでおきましょう」

「っん、ぁ……っ、あ……ッ」

大きな手のひらが胸を覆った。指先を立てるようにして周囲から揉み込まれ、腰が何度も浮き上がる。泣くような声が出てしまうのも、自分ではどうにもできなかった。

「あぅ……っ、は、……ぁ、……ぁっ、あッ」

二度続けて搾られて、しぶきが広がる。さらにぎゅっと強めに搾られると、雫が乳首に浮かんで垂れ落ちて、それが最後だった。

「終わったようですね」

やわらかくなった乳首を触りながら、ラウニが小さくため息を漏らす。後ろから覗き込まれたのがわかったが、ぐったりしたシリルは動けなかった。たぶん顔が真っ赤だろう。口が開けっぱなしになっていて、よだれも垂れている気がするが、見るなと怒鳴るだけの力もない。けれど、そっと股間を覆われると、反射のように声が出た。

「っそこは、いい！」

服の上から見てもわかるほど、シリルの性器は勃《た》ち上がっていた。でも、ラウニに触れるわけにはいかなかった。ここに関して教えてくれた医者は、「将来大切な結婚相手ができたときに、触れていただくべき場所」だと言ったのだ。いくら王や兄が許したと言っても、シリルは本気でラウニと結婚する気はなかった。

おしおきで結婚だなんて、本来なら許されることではないのだから。

うまく動かない身体をよじってラウニの膝の上からベッドへと逃げると、後ろでラウニが立ち上がった。

「そうですね。シリル様の大切な場所ですから、今の俺が触れるべきじゃない。そちらはおひとりで大丈夫ですか？」

意外にも、ラウニはわきまえているようだった。振り返ると彼はシリルを見ておらず、すでにドアへと向かおうとしていた。

「……大丈夫だ。処理方法は学んである」

「では、のちほど、朝食を作り直してお持ちします」

「いや、あそこに残ってるので――」

いい、もったいないだろう、と言おうとしたとき、ラウニがドアを開けた。まるで逃げるかのような仕草は彼らしくなく思えたが、怪訝《けげん》に感じたのは一瞬で、シリルはドアの隙間から飛び込んできたものに悲鳴をあげた。

「来るなぁっ」

犬だった。目をきらきらさせた犬は一目散にベッドまでやってくると、不躾にもベッドに足をかけた。首を伸ばしてふんふんとにおいをかがれ、シリルはひっくり返った。すかさずベッドに上がった犬が、長い尻尾を振って、べろべろとシリルを舐め回す。

「この駄犬！　馬鹿！　やめろ！」

飛び散った乳汁のにおいにつられたのだ、と気づいて、シリルはどうにか耐えようとした。犬に舐められるのもいやだが、魔法を使ったら縮んでしまう。縮んだら元に戻ったとき、また胸が痛くなるのだ。

「ラウニ！　どうにかしろ！」

我慢だ、と念じながら命じた直後、犬の舌がべろんと乳首を舐め上げて、一瞬で我慢が吹き飛んだ。ベッドの天蓋からいくつも蔦植物が垂れ下がり、びっくりした犬が顔を上げ——シリルはしゅるしゅるとしぼんで、盛大にため息をついた。

最悪だ。

「先ほどのことは、全面的に俺に非があります」

温め直した朝食を並べながら、ラウニは殊勝な態度だった。シリルは清潔になった身体を新しい服に包み、ミルクティーを口に運ぶ。

「まったくだ。あと七回は謝ってほしいぞ」

「すみませんでした。シリル様の身体はすぐに清めておくべきだったし、トトが扉の外にいるのを失念していたのは自分でも信じられません。しかも、飛びかからないようにと教えたのに、シリル様を押し倒してしまうなんて。陛下にも、ロザーン妃にも申し訳ないです」

「うん。反省しろ」

正確には、犬が押し倒したわけではなく、シリルが自分でひっくり返ったのだが、それは黙っておいた。

あのあと、すぐに犬を退かせたラウニは、指にキスを促してシリルを元のサイズに戻し、メイドに命じてお湯を持ってこさせ、謝りながら丁寧に身体を拭いてくれた。搾ったばかりの胸が張ることはなかったし、小さくなって呆然としたおかげか、緊満硬直はすっかり落ち着いていたので、シリルはそれこそ王子の態度で、足の指のあいだも拭かせてやった。

それから着替えをすませるあいだにラウニは急いで料理を温め直してきて、ようやく遅い朝食となったのだった。

「シリル様、パンにジャムは塗りますか」

「ああ、苺をたっぷりだ。苺は母上も一番好きな果物だったんだぞ」

「はい、聞いたことがあります。薔薇《ばら》のジャムもお好きだったとか。エルラーンでの習慣で、紅茶に酒と一緒に入れて嗜《たしな》まれたんですよね」

「うん、そうだ。おいしいから今度おまえもやってみろ」

「では、薔薇のジャムと酒を用意しておきましょう」

「頼む」

従僕よりも恭しく、ラウニがパンにジャムを塗って皿に置く。それを食べながらお茶のおかわりを淹れてもらい、たっぷりの料理をおなかいっぱいになるまで食べると、シリルは悠々と脚を組んだ。

「あと六回謝るんじゃなかったのか？」

「……申し訳ありませんでした、シリル様」

一瞬だけ眉と狼耳を動かしたものの、ラウニは従順に謝ってくる。それから、なぜか嬉しげに頬をゆるめた。

「直接わがままを言っていただくと、おそばにいるのだと実感が湧きますね」

「——それ、喜ぶところなのか？」

シリルが思うに、ラウニはだいぶ変態だ。精悍《せいかん》な容姿をしているだけにギャップがひどい。気持ち悪い、と呟いてしまったが、ラウニはそれにもにこにこした。

「シリル様がくつろいでくださっていて嬉しいです。夕食はシリル様のお好きなものにしましょう。鴨《かも》料理はいかがですか？」

「う、鴨か——まあ、食べてやらないことはない」

べつにくつろいではいないが、シリルも、今日逃げ出す気にはなれなかった。鴨肉は大好きだが、もちろん理由はほかにある。

（策を練り、準備をする必要があるからな。それまでここで我慢するしかない）

幸い、とシリルはラウニを盗み見た。

ラウニは獣人で変態ではあるが、思ったよりも野蛮ではない。勝手に結婚を決めたりしたくせに、無理やりシリルの股間に触ろうとせず、尊重しようとした態度が、シリルの見る目を変えていた。

（それに、ラウニは母上のことも褒めてくれるし、近くにいても獣くさくはないしな）

結婚は冗談じゃないが、一番身分の低い召使だとでも思えば、鋭気を養うあいだ同じ空間にいるのも許してやる気になれた。

「それから、トトに驚いて魔法を使ってしまわないように、慣れる練習もしたほうがよさそうです」

食後用の花の香りのお茶を差し出され、シリルは目をすがめてラウニを見上げた。

「いやだ。犬に慣れる練習なんかしたくない。次もし小さくなったら、もう小さいままでいい」

「小さいままでも不自由なく過ごしていただけるようにするつもりでしたが、よく考えたら、トイレが困りますよね。用を足されるあいだ、俺が身体を持っていて差し上げてもかまいませんが」

「それは絶対にいやだな……」

想像して、いっそうしかめっつらになってしまう。ラウニはもっともらしい表情で顎に手を添え、思い出そうとするように天井を見上げた。

「それに、たしかエルラーンでは王家の方々が、魔獣討伐で共に戦うために大きな犬を飼育されていますよね？　銀色のふさふさした被毛を持つ大型犬ではありませんでしたか？」

「エルラーンの銀雪犬だな。彼らは賢く忠誠心を持ちあわせているというから、おまえの駄犬みたいに飛びついたりはしないだろ」

あっちに行っても犬と触れあう予定はないし、と思ったが、考えてみれば、エルラーンに向かう道中だって犬に出くわす危険はある。慣れておくのはたしかに有益かもしれない、と揺らいだシリルを見透かしたように、ラウニがさらに言った。

「これから町を歩く機会が増えれば、ほかにも犬や大きな動物がいることもあります。シリル様は驚くと魔法を使ってしまう癖がおありでしょう？　驚くたびにうっかり魔法を使って縮んでしまうと困るのでは？」

「う……でも……」

「トイレはともかくお乳のこともあります。俺は乳搾りして差し上げてもまったくかまいませんが」

いやなことばかり言うやつだ。性格が悪いぞ、と心の中だけで罵倒して、シリルは仕方なく頷いた。

「わかった。慣れるようにする」

なんとなく、丸め込まれたような気がしないでもないが、これはシリル自身のためなのだ。想像していたよりもラウニが粗野で最悪な獣人ではなかったとしても、罰の魔法を解いてもらえるまで、何年も一緒におとなしく暮らすなんてだめだ。

（そうだ。僕はこの国の誰にも、許しを乞う必要なんかないんだからな。エルラーンに行き、小さくなる魔法を解いてもらい、姉上にも協力してもらって改めて復讐するんだ）

犬に慣れるくらい僕にかかれば朝飯前だ、と思い、シリルは紅茶を飲み干した。

「見てろ。あんな犬、一日で服従させてみせるから」


五日後。

「ほら、取ってこい！」

渾身の力で投げた木の枝は、くるくると回りながら放物線を描いて飛んでいく。シリルが言い終えるより早く走り出したトトは、枝が地面に着く前に、しっかりと口にくわえた。かろやかな足取りで戻ってくるとシリルの前でお座りし、シリルが手を出すと枝を放した。

「よし」

短く褒めてやったが、犬的には足りないらしい。期待に満ちた目で見上げられ、しょうがないなと頭を撫でた。短い毛はなめらかで、意外と気持ちがいい。初日はどうしても触れなかったが、五日も経つと恐怖心も薄れ、大きく開けた口から牙が見えても、犬が機嫌よく笑っているのだとわかった。

「……おまえ、笑うとわりとまぬけな顔だな」

顔はきりっとしていれば獰猛《どうもう》そうなのに、へらへら笑うと気が抜けた雰囲気だ。シリルは犬も笑うのだと初めて知った。

トトは笑顔のまま立ち上がると、くるっと半回転して「はふっ」と鳴いた。

「なんだ、まだ投げてほしいのか？　これは特訓であって、おまえと遊んでいるわけじゃないんだぞ」

言って聞かせても、トトは「早く」と急《せ》かすように尻尾を振り、半回転してははふっと息だけで鳴く。それでもシリルが枝を投げずにいると、走っていったかと思うとボールをくわえて持ってきた。ぽとりと目の前に落とされ、シリルはため息をついた。

「なんで僕は、朝から犬なんかの相手をしているんだ……」

これでは犬を服従させているというより、犬にいいように使われているみたいだ。命令には従ってくれるが、彼がすでに覚えている言葉に反応しているだけに見える。

「やはりトトは相当シリル様を気に入ったんですね。そのボール、彼の一番のお気に入りですよ」

屋敷から大きなトレイを手に出てきたラウニが、微笑ましそうに目を細めた。狼の耳がわずかに後ろに倒れ、尾は揺れている。

「もう二、三回投げてやってください。そのあいだに朝食を準備します」

「庭で食べるのか。悪くない」

ラウニのトレイからは今日もいいにおいがした。甘いにおいは、シリルが食べたいとねだったワッフルに違いない。おいしそうだ、と思うと気分がよくなって、シリルはボールを投げてやった。

トトは元気よく走っていく。芝生の端、大きな木の下のガーデンテーブルでは、ラウニが皿を並べはじめた。その尻尾の動きがトトの尻尾の動きと同じリズムで揺れているのに気がついて、シリルはひとり笑ってしまった。上着を着ていない軽装だから、尻尾もよく見えるのだ。

（狼も所詮犬ということか）

あいつもボールを投げたら取りにいったりして、と考えるとおかしい。笑いを噛み殺しながらトトの持って帰ってきたボールをさらに二回投げてやったところで、ラウニに呼ばれた。

すっかり支度の整ったテーブルの上では、焼き立てのワッフルが湯気を上げていた。座ってボウルで手を洗い、きちんと拭いてもらって、まずはジュースで喉を潤す。飲むあいだにラウニがワッフルにクリームとジャムを乗せてくれ、シリルはうきうきとナイフを入れた。

「うん、おいしい」

外側はさくっと、中はもっちりしたワッフルはほどよい甘さだし、クリームがよくあう。こちらもどうぞ、と置かれた皿は、ワッフルの上に揚げ焼きの鳥肉とフルーツが載っていて、食べてみると甘じょっぱさが癖になる味だった。

城で食べていたのよりおいしいくらいだ。なにより、ワッフルが全然冷めていないのがよかった。シリルは甘いものはとくに、熱々で食べたい質《たち》なのだ。

（……そういえば全然冷めないな？）

季節はまだ春だ。晴天とはいえ空気はひんやりしているくらいなのに、と怪訝に思って、シリルは皿に触ってみた。

「っ、熱っ！」

「シリル様！　大丈夫ですか？」

ラウニが焦ってシリルの手を摑み、手洗い用の深皿に浸《つ》けた。

「先に言っておけばよかったですね。魔法を付加した皿を買ったんです。熱いのがおいしい料理は熱いうちに召し上がっていただきたくて」

「魔法を付加した皿って、人気があってすごく高価なんじゃなかったか？」

城でも特別な晩餐《ばんさん》のときくらいしか使われない。自身の持つ魔力を物体に付加し、便利な道具として売る魔女は少なくないが、どれも数回使うと魔法が切れてしまうので、都度かけ直さないとならない。しかも繊細な魔力の調節が必要なので、たいていが高価なのだった。

「シリル様のためですから、高いなどということはありません。指、痛みませんか？」

ラウニが水から上げたシリルの指を凝視してくる。もういい、とシリルは手を引いた。

「行儀悪く皿に触ったのがいけなかったんだ。もう痛くない」

実際、たいした火傷《やけど》でもなく、すぐに冷やされたおかげでなんともなかった。

「もし痛むようならすぐに言ってください。医者か魔女に治してもらいましょう。ちょうど今日は、街に出てみませんかとお誘いするつもりだったんです」

「街に？」

「はい。今日の午後にでも、いかがですか？」

差し出されたジュースのおかわりを受け取って、シリルは半端に首をかしげた。不本意ながら、この屋敷での生活には慣れてきた。シリルに与えられた部屋には本棚があって、読む本には困らないし、庭は広いので散策もできる。城でも住まいの塔からほとんど出ないシリルにとっては、不自由なく快適な環境だった。

だが、そろそろエルラーンに逃げるため、準備もはじめなくてはならない。

「テッドも会いたがっていて、今日から三日間ならいつでもいいと言っていました」

「たぬき獣人か……」

シリルはジュースを置いて腕組みした。謝ると約束したし、テッドに会うこと自体はやぶさかではない。それでも即答できないのは、街に出ることに乗り気になれないせいだった。

正直に言えば、ちょっと怖い。ラウニの屋敷から脱走したとき、街の人はシリルに気づいた様子だったし、敵意のある視線を向けてきた人もいた。ラウニが一緒なら暴力を振るわれるようなことはないだろうが、それでも心細かった。

あの日だって、テッドが助けてくれなかったら、雨の中でみじめな思いをすることになっただろう。

「屋敷に呼べないのか？　ここに来させて、褒美を渡せばいい。褒美用には城から適当な宝石でも届けさせる」

「お礼と謝罪は言葉だけで十分ですよ。それに、テッドはシリル様とおすすめの店で一緒にお茶をしたいみたいです。シリル様と同じで、テッドも甘いものが好きなんです」

「甘いもの、なぁ……」

「俺も知っている店ですが、あの店はたしかにおいしいです」

ほとんどなにも知らないたぬき獣人におすすめされてもピンとこないが、ラウニにすすめられると食べてみたくなった。ラウニは料理だけでなく、デザート作りもやたら上手なのだ。

「おまえも一緒に行くんだろうな？」

「もちろんです」

「じゃあ、まあ、出かけてもいい。今日はちょっとあれだが、明日とか」

「では、明日テッドを誘っておきましょう」

ラウニは再び目を細めた。

「やはりシリル様は、素直で素敵な方ですね」

「……なんだ、急に」

シリルは戸惑って顎を引いた。

「だって、シリル様はご自分が間違ったときには反省できるし、獣人が嫌いなのに、お礼を言わなくちゃ、褒美も渡さなくちゃと考えられるでしょう。シリル様はわがままで世間知らずで、思い込みが激しくて偏見をお持ちですが」

「……そこまでけなさなくても」

「でも、本当は素直で、努力家で、優しい方です」

にこ、と目や唇が笑顔を作る。ラウニは狼の耳を後ろに倒していて、見るからに嬉しそうだった。五日も犬と強制的に触れあったせいで、彼の耳や尻尾も、わずかではあるが感情にあわせて動いているのに気づけるようになった。その動きが表情とあいまって、どちらかというと厳しく威圧感のあるラウニを、あたたかで優しげに見せる。

こんな顔もするのか、という驚きと同時に、本当に整った顔なんだな、とぼんやり思う。はっきりした眉と眦《まなじり》の上がった目、まっすぐな鼻筋、薄めの唇。優秀な雄を思わせる精悍な顔立ちで、身体は鍛えられてがっしりとしている。でも、性格は野蛮でも粗忽《そこつ》でもなく、料理もうまい。

なにより、ラウニは母を悪く言わない。

（……三か月くらいなら、ここで暮らしてもいいな。入念な準備をすれば、エルラーンに向かうのだって楽になるだろうし）

もちろん結婚は論外だが、と思いつつ、シリルはジュースの残りを飲み干した。

ラウニはなにも言わないシリルにあたたかい眼差《まなざ》しを向け、食後の紅茶を入れてくれた。

あいた皿をトレイに乗せていったん屋敷の中に戻っていったかと思うと、再び出てきたときには、手になにか持っていた。

「シリル様が小さくなったときのサイズを参考に、作ってみました」

広げて見せられたのは数着の、人形サイズの服だった。それぞれデザインが違い、上着とズボンのセットや、飾り襟がついたシャツにベストをあわせるセットなど、細部まで凝っている。なぜか一枚、幼い姫が着るようなふりふりのドレスまであった。たしかに、どれも縮んだときのシリルにぴったりの大きさに見える。

「僕のサイズなんか、いつ測ったんだ？」

「目測ですが、しっかり記憶していますので脳内で再現し、それを元に縫製したんです」

「……まさか、おまえが？」

「はい。妹が裁縫が得意なので、教えてもらいました。初めて挑戦したので多少いたらないところはあると思いますが、問題なく着られるはずです」

ことなげに言うラウニを、シリルはしげしげと眺めた。救国の英雄と言われる狼騎士は、料理だけでなく裁縫もできるのか。

「ドレスまで作れる腕はすごいと思うが、これはおかしいだろう」

「お似合いだと思ったので、つい。ピンクはお嫌いですか？」

「嫌いではないが……」

ピンク色のリボンタイならしたことがある。だが、色以前に、そもそもドレスはおかしい——と言いたかったが、ラウニがひどく真面目な顔なので、シリルは言葉を濁した。かわりに、襟に二本のラインが入った一着をつまむ。

「そちらも自信作です。水兵の制服を参考にアレンジしてみました」

「うん。むだにすごいな」

「ひとまず五着作りましたので、足りない分は順次作り足します。それと、靴も用意したほうがいいと思うので、今週中に靴職人に作り方を教わりにいきます」

「いや、いいよ、そこまでしてくれなくて」

熱意に引いてしまい、シリルは服をテーブルに戻した。

「ドレス以外の四着だけでも十分だし、靴はいらない。そもそも小さくならなければいいんだ」

「ですが、うっかり魔法を使ってしまうかもしれないし、魔法を使わざるをえない事態がないとも限りません。できれば一度試着していただけませんか?」

ラウニはどこまでも真面目な表情だった。

「大きすぎたり、きつい部分がないか確かめておきたいのです。元に戻ったあとは乳搾りもいたしますから、ご心配なく」

「いやだ。見た感じ大丈夫そうだからこれでいい」

ぼっ、と顔が熱くなった。真顔で「乳搾り」などと口にできるラウニはやっぱり変態だ。そうですか、とやや残念そうにしたものの、ラウニは諦めたようで、かわりに別の包みを差し出した。

「こちらも、シリル様にお渡ししようと用意しました」

受け取って開けてみると、中身は便箋だった。いくつもの色を使って花と果実の模様を入れた、薄くて高級なものだ。枚数もたっぷりとある。

「そろそろ姉君に手紙が書きたいだろうと思いまして」

「気がきくな」

丁寧に作られた便箋は手触りもいい。嬉しくなって抱きしめると、ラウニが耳を寝かせて微笑した。

「住まいをここに移したことも、ぜひ知らせておいてください。姉君からお返事があるといいですね」

うん、と頷きかけて、シリルははっとしてラウニを睨んだ。

「僕は、ここでずっと暮らすと受け入れたわけじゃないからな！」

ここでの生活も悪くないな、と思っていたことを見抜かれた気がして恥ずかしい。ラウニは怪訝そうに首をかしげた。

「おや、罰を受けて小さくなる魔法をかけられたこととか、結婚のことは知らせないんですか？　これまでは他愛ないことも手紙に書いていたのでは？」

「書いてたけど、なんでそんなこと知ってるんだ」

ぎゅっと便箋を抱きしめたまま睨めば、ラウニが手を伸ばしてきた。長い指先で、ごくかるくシリルの前髪を整える。

「シリル様は書き上げた手紙を読み上げる癖がありますよね？　警備でお部屋の近くを通ると聞こえるんです」

「……僕の住まいの塔の警備もしてるのか？　獣人の警備兵なんか、見た記憶はないが」

「ロザーン妃が獣人をお嫌いでしたので、シリル様の目にも入らないよう気をつけておりました。ですが、こちらは目を離すわけにはいきません。シリル様からは見えない場所から、よく拝見していましたよ。手紙を書くときや勉強のとき、前髪に指を絡める癖のことも知っています」

つまり、窓際の机が見えるほど近くに、ラウニはいたことがあるのだ。

「庭で魔法の練習をされているのも、よくお見かけしました。昔は失敗ばかりだったのに、最近は狙ったところに生やすのも、成長の度合いを調節するのもお上手になりましたよね」

「――それは嫌味か？　ケイシーの誕生日は失敗した」

む、と膨れると、ラウニは「そういうつもりでは」と笑った。

「あれは久しぶりの失敗でしょう。きっとロザーン妃が今のシリル様をご覧になったら、誇らしくお思いになります」

心地よく響くラウニの声に照れくさい気持ちになった直後に、シリルは顔を曇らせた。

(今の僕を見て、母上は喜んでくださるだろうか)

魔法が上達することについて、母はほとんど関心を持ってくれなかった。伝えれば言葉では「素晴らしいですね」と言ってくれるかもしれないが——それよりも。

『なぜ獣人なんかに世話をさせているのです。危険で油断がならない存在だと、わたくしが教えたのを忘れたのですか?』

脳裏に浮かんだ母はベッドで上体を起こし、痩せた顔の中の目を光らせていた。青ざめた頬と震えた腕。シリルを指さして、彼女は言うだろう。

『エルラーン王家の血を引くというのに、獣人に気を許すなんて情けない』

「シリル様?」

肩に手が置かれて、シリルはラウニを見上げた。黒い瞳には案じる色が浮かんでいて、冷たい色のはずなのに優しく見える。

大丈夫だ、と言おうとして、唇が震えた。急激に悲しみが襲ってくる。

ラウニは獣人だけど優しくて、親身になり、褒めてくれる。母はこの世で最も愛する、尊敬すべき人だけれど——シリルを心から心配したり、褒めてくれたりしたことはなかった。

叱られた記憶のほうが多い、と思ってしまって、シリルは奥歯を噛みしめてラウニの手を払いのけた。便箋をテーブルに置こうとして思いとどまり、胸にかかえ直して立ち上がる。

「なんでもない。僕は部屋に戻る」

「なにかお持ちするものはありますか？　少し顔色がよくないようです」

ラウニは心配そうだった。いい、と短く断って、シリルは急ぎ足で屋敷の中に入った。階段を上がり、与えられた部屋に入ってドアを閉め、その場で背中を預ける。胸の内側がぼんやりと痛い気がした。乳汁が出るはずがないのに、と思いながら便箋越しに痛む場所を撫《な》で、シリルは唇を噛んだ。

本当はもう少し、外にいたかった。ラウニには聞いてみたいことがたくさんある。どうして獣人が嫌われていると知りながら、シリルたちの住む塔の警備を引き受けていたのだろう。理由を話せば、違う区画を割り当ててもらうことだって、いや、ラウニの立場なら、自分で受け持つ場所を決めることだってできるはずだ。

いつから警備を担当していたのか。いつからシリルのことを知っているのか。シリル自身も知らなかったような癖を覚えていた理由。罰を受けるシリルと結婚したいなどと言い出したわけは？　噂になっている「国を救った」というのは、具体的にはなにをしたのか。料理はいつから好きなのか、家族は何人いるのか。

（馬鹿だな、シリル。獣人のことなんか、気にしてどうするんだ）

片手で頬を叩いて、シリルはなるべく勇ましく、窓際の書き物机へと向かった。母上をがっかりさせてまで、ラウニと親しくする必要などないし、すべきでもないのだ。

ラウニとはあくまでも、やむをえずの関係だ。三か月くらいならばここで過ごしてもいい。でも、仮住まいとして以上にラウニを受け入れてしまったら、母の復讐はどうする。

（殊勝に反省するふりをして魔法を解かせる方法は時間がかかりすぎるし、仮に早く解いてもらったとして、復讐をやめるわけにはいかないんだ。やはり最善の策は、エルラーンに行き、姉上の協力を仰いで、あちらで魔法を解除してもらってから、改めて復讐のために戻ってくることだ）

朝から犬に慣れる練習をしているのだって、そのためなのだ。

窓際に置かれた品のいい書き物机には、インクが数種類用意されている。便箋に雰囲気のあう茶色のインクを選び、シリルは深呼吸して羽ペンをインクに浸した。

罰を受けたという不名誉を伏せるため、不当に魔法をかけられて困っていることにして、エルラーンに行くと伝える。エルラーンでは魔法を使える人間は重宝されるはずだ。シリルの魔力は植物系で、攻撃性には乏しいが、使い方によっては戦でも通用する。もっと研《けん》鑽《さん》を積むから、どうか迎え入れてほしい――ということまで書いて、シリルは手をとめた。

行かなくては、といくら言い聞かせても、どうしても気分が乗らない。

「……たぶん、母上の墓参りができなくなるのがいやなんだ。そうに決まってる」

母のお墓は城の裏手の、王領地の中だ。母を遺《のこ》していくことになるから、せめて離れる前にもう一度挨拶したいが、城を通らないと墓に行けないから無理だろう。

だが、いずれ戻ってきて、復讐を完遂させたら、また毎日挨拶することもできる。墓参りができないのは現状だって一緒だから、こんなことで躊躇っている場合ではない。

頭の中で幼い子供みたいにぐずる自分自身を叱咤《しった》し、シリルはできる魔法を書き連ねた。植物系の魔法は日々の生活に癒しを与えるのにも役立つ。美しいエルラーンの城を彩る手助けもできます、と書いて、シリルはまた手をとめてしまった。しくしくと鳩尾《みぞおち》が痛む。

書いて送って、姉はこれを読むだろうか。読んでくれても、たぶん、この手紙にも返事は来ないだろう。今までに何十通も、何百通も送ってきた。けれど姉のニーカから返事があったことは一度もないのだ。母の死を伝えたときさえ、一言もなかった。シリルが窮地にあると知らせたくらいでは、返事が来るとは思えなかった。

美しい便箋に書き連ねた文字を虚《むな》しい思いで見つめて、わかってた、と小さくシリルは呟いた。

姉はもう、異国の人なのだ。自分とは違う立場になって、ほとんど関わりのない相手。わかってはいたけれど、シリルはずっと気づかないふりをしてきた。

彼女と別れたのはシリルが八歳、ニーカが十歳のときだ。幼いころ、姉はいつも冷静で物静かで、母に似て誇り高い子供だった。魔法が使えるようになればエルラーンに戻り、「もっと素晴らしい国で大事にされて暮らす、大切な存在」になるのだと、母が繰り返し教えて、毅然としているようにと躾けたからだ。同じ塔で暮らしていても、姉はいつもシリルにはそっけなかった。

母によく似た姉は憧れの存在だったから、どうして冷たくされるのかは考えないようにしていた。でも、振り返って冷静に考えれば、理由はひとつしかない。

姉にとってのシリルは、たぶんどうでもいい存在だったのだ。

なぜなら、母にとってのシリルが、どうでもいい存在だったから。

その日、シリルの胸は喜びでいっぱいだった。

この一か月、寝る時間を削ってまで練習していた魔法が、やっと初めて、まともに使えたのだ。意識を集中して「咲け」と命じたら、たんぽぽの花が三つ咲いた。信じられなくて何度もまばたきし、目をこすって確かめてから「できた」と実感が湧き、本当に嬉しかった。

咲いたばかりのたんぽぽ三輪は丁寧につんで、手の中にある。塔の階段を駆け上がり、日当たりのいい母の部屋に飛び込んだシリルは「母上！」と叫んだ。

「見てください、魔法、上手にできました！」

母は今日も、窓際の小さなテーブルのところにいた。椅子に腰かけ、テーブルに肘をついて、額を押さえている。ひと月前に姉のニーカがエルラーンに旅立って以来、毎日のように頭痛がすると言って、こうして動かないのだ。

お寂しいのよ、と侍女たちは話していたし、シリルも母が不安がっていることに気づいていた。だから魔法で花を咲かせようと、必死で練習したのだ。

「これでもう一人前です！　綺麗でしょう？」

「大きな声を出すのはいけないことよ、シリル」

駆け寄って差し出したたんぽぽのささやかな花束を、母は一瞥もしなかった。苛立った横顔に、ずきん、と痛みが襲ってくる。すみません、と呟いて手を引っ込めると、あれほど金色に輝いて見えたたんぽぽが、みすぼらしく感じた。

「だいたい、植物系の魔法だなんて役立たずなのですよ」

母は目を閉じて、独り言のように吐き出す。

「男の子で、しかも使えるのは利用価値のない魔法だなんて――わたくしがなにをしたっていうの」

彼女の額を押さえる手に手紙が握られていることに、シリルはようやく気がついた。見える文字はエルラーン語だ。ロザーンはそれを叩きつけるようにテーブルに置き、指さした。読め、と命じられたのだとわかって、シリルは左手でたんぽぽを背中に隠して近づいた。

味気ない便箋が一枚だけの手紙だった。一番上に母の名前があり、挨拶も抜きに本題がはじまっている。

『たしかにニーカが魔法を使えることを確認した。光の魔法だったのは残念だが、使い方によっては有益にもなりうるので、彼女は我が国の姫として帰還を受け入れる。しかし力が弱い。男子を受け入れる気はないので、もう一人、エルラーンのために女児を産むまではそなたの帰国は認めない。女王への忠誠を忘れることなきよう』

よそよそしいのを通り越して、酷薄な印象を受ける文面だった。エルラーンの女王はロザーンの叔母《おば》だ。大切な姪《めい》だろうに、まるで役立たずだと言わんばかりで、最後に釘まで刺している。勝手に帰ってくるな、役目を投げ出すな、ということだ。

（……母上、あんなに帰るのを楽しみにしてたのに）

使える魔法の種類は遺伝しないから、ある程度成長して魔力を測定できるようになるまではわからない。ニーカは三年前に魔力判定官に診てもらい、光魔法の使い手だと認められていて、練習して十分に魔力を操れるようにもなっていた。なのにエルラーンは、自分たちで確かめるまではニーカを受け入れない、と言ってよこしたので、ロザーンはひどく落胆した様子だった。それでもニーカが認められ、エルラーンの王家に迎え入れられれば、自分も帰国できると、シリルの顔を見るたびに口にしていたのだ。なのに、彼女は祖国に拒まれた。

「おまえがちゃんと生まれてこないから、私は国に帰れないのよ」

ぐしゃりと手紙を握りしめ、ロザーンは憎々しげに言った。

「身籠る前から、女の子でありますようにと、あれほど神に祈ったのに」

「……ごめんなさい」

「せめて、火の魔法でも使えたらよかったのに。戦で役に立つ系統の魔法なら、男でも認めてもらえたかもしれないわ。それが、植物?」

後ろ手に握ったたんぽぽが恥ずかしかった。母はいつも、シリルにあまり関心がない。姉がいたころは、とにかくニーカのことで頭がいっぱいというふうで、シリルの勉強や剣の稽古などについて気にかけることはなかった。もちろん、やるべきことはきちんとやるようにと言ってくれたし、「こんなことを学びました」とシリルから報告すれば聞いてくれる。なにか失敗したときは、王族としてそんなことではいけないと叱られることもあった。親としての役割は果たしてくれていたけれど、でも、姉にするように「よく頑張りましたね」とか「すごいじゃないの」と褒めて抱きしめたりはしない。

それでも、ここまではっきりとシリルを否定したこともなかった。

(――母上は、ずっと僕にがっかりしていたんだ)

絶望が、痛みをともなって身体中に広がっていく。ごめんなさい、ともう一度呟いて、シリルは数歩後退り、たんぽぽを隠しながら母に背を向けた。とぼとぼと階段を降りているうちに、涙が落ちてくる。服に染みができてしまい、ごしごしと拳でこすった。泣いたと知れたら、また母に怒られる。

庭に戻り、目立たない隅にたんぽぽを捨てた。

と、塔と庭をかこむ生垣に設けられた木戸から、長兄のエイブラムが入ってきた。シリルを見つけると満面の笑顔で、両腕を広げる。

「シリル、聞いたぞ。魔法で花を咲かせられたそうじゃないか。初魔法、おめでとう！」

ぎっ、と奥歯が鳴った。成功したと言ったたって、くだらない魔法だ。なんの役にも立たないと教えられたばかりの魔法を褒められても、ちっとも嬉しくなかった。

(母上の言うとおりだ。父上も兄上も口先だけは褒めていても、内心では馬鹿にしてるんだ)

ロザーンによれば、父たちはエルラーンが嫌いなのだそうだ。だから母のことも好きじゃないし、母の産んだニーカとシリルのことも好きじゃない。

「今夜は祝いの料理を用意させると父上も言っていたぞ。初魔法は盛大に祝うと幸せになれると言われているの、シリルは知っているか？」

七歳年上のエイブラムは、腕を広げたまま近づいてきた。抱きしめる気だとわかって、シリルは思いきり顔を歪めた。

「うるさい！　馬鹿にするな！」

ぎょっとしたようにエイブラムが立ち尽くす。シリルは魔力を地面に向けて放ったが、兄を遠ざけるために棘のある植物を生やそうとしたのに、ぽふん、とたんぽぽの花が咲いただけだった。二度、三度と魔力を放っても同じで、シリルは身体を震わせた。

「こんな魔法……っ、こんななら、使えなくてよかった！」

「またロザーン妃になにか言われたんだな」

エイブラムは同情するような、悲しむような表情を浮かべた。

「母上を悪く言うな！」

「悪く言ったわけじゃない。だが、ロザーン妃の言うことを真に受ける必要はないんだぞ、シリル。植物を成長させる魔法だって、立派な力なんだ。俺の風魔法だって、最初はがっかりしたが、練習を重ねて自在に操れるようになれば、風で岩を動かすこともできるし、力を加減すれば風に乗せて物を運ぶこともできるようになるらしい。すごいだろう？」

「兄上の魔法になんか興味ない」

「シリルの魔法も同じだよ。たとえば木を大きくしたら、要塞のように使えるかもしれないし、芋をあっというまに育てられたら、どこにいても食べるものが手に入る。蔓草なら伸ばすことで敵を拘束したり、粘液の出る植物なら罠《わな》に使えそうだ。——どうだ？　かっこいいと思わないか？」

むっすりとして、シリルは俯いた。目に入るのはたんぽぽの花だ。ただの雑草。鼓膜を、ほがらかな兄の声がくすぐった。

「たくさん練習が必要だが、上達すればその魔法の素晴らしさに、ロザーン妃だって気づく。褒めてもらえるまで頑張るといい。だから今日のところは、父上や俺たちに褒められなさい。夕食にはご馳走《ちそう》を用意させているから」

時間になったら使いをよこすよ、と言い置いて、エイブラムは庭から去っていった。誰が行くもんか、と呟いて、シリルはもう一度魔力を放った。伸びろ、と念じてみると、今度は朝顔の芽が顔を出す。もっと強そうな蔓草がよかったのに、とがっかりしたけれど、たんぽぽ以外も出せたことに、ちょっとだけほっとした。

「……もっと、頑張ろう」

エイブラムの言うことを信じるわけじゃないけれど、練習すればすごいこともできるかもしれない。母上だって喜んでくれるかも、と思うと、絶望感も薄らいでくる。

さっきはたまたま、母上が落ち込んで傷ついていたから、八つ当たりで本心ではないことを口走ってしまったに違いない。シリルはよき息子として、優しく受けとめなくては。

そこからふたたび、シリルは魔法の練習に励んだ。魔力のコントロールは難しかったが、二年ほどかけて少しずつ狙った植物を生やせるようになり、場所や大きさも、半分くらいの確率で思いどおりにできるようになった。

けれど同じころ、ロザーンはベッドから起き上がれない日が多くなった。

医者に診てもらっても、原因のわからない病だった。熱が出たり倦怠感《けんたいかん》が強かったり、目眩《めまい》がしたりするらしく、ロザーンは常に疲れきって無気力になった。

ごくわずかな侍女と医者、シリル以外とは口をきかず、ほとんど寝たきりだから自分の部屋からはいっさい出ない。見舞いに来る王のことは、絶対会いたくないと言って追い返した。届けられた見舞いの贈り物さえ拒むから、シリルも母のそばから離れられなくなった。

父や兄、姉が「おまえだけでも」とことあるごとにシリルを塔から連れ出そうとしたけれど、シリルは彼らとの食事も拒んで、塔にこもった。

笑わなくなった母を励ましたくて、ベッドのそばで本を読んできかせたり、綺麗な花を魔法で咲かせて、部屋に飾ったりするのが日課になった。薔薇にかすみ草、マーガレットにミモザ。花が好きなロザーンは、生けられた花には少し嬉しそうにしてくれ、中でも喜んだのは夜明け草の花だった。紫色が明け方の空の色に似ているのが名前の由来で、この花が一番好きなのだとわかってからは、毎日飾った。夜明け草は夏の花だが、魔法を使えば季節を問わずに咲かせることができるのだ。おかげで魔力のコントロールもずいぶん上達した。

ロザーンが寝ているあいだには、勉強や剣の鍛錬に励みつつ、小さな塔の中で静かな日々を過ごして、七年。

母の最期の言葉は「帰りたいわ」だった。

眠るように息を引き取った彼女の手を握ったまま、シリルは泣くのをこらえていた。

この七年は、シリルにとって穏やかで、母との距離が縮まった時間だった。母はひどいことを言う日もあったけれど、気分のいい日にはお礼も言ってくれて、初めて彼女の役に立てている気がした。だから寂しくなかったけれど――最期の言葉を聞くと、母はずっと孤独だったのだ、と悟るしかなかった。母の願いはたったひとつ、祖国に帰ることで、結局叶《かな》わなかった。

エルラーンは冷たい国だと思った。何度母の様子を書き綴《つづ》って手紙を送っても、女王はおろか姉のニーカからも一度も返事がない。母は国のためにヴィロナスに嫁ぎ、ちゃんと役目を果たして魔力を持つ子供を産んだのに、こんなに冷淡だなんてあんまりだ。

せめて死んだと伝えたら、会いに来てほしい――そう思ったとき、塔の外では花火が上がった。大きく華やかな、趣向を凝らした色とりどりの魔法花火が七つ、続けて青空を彩って、シリルの目を焼く。王の七番目の子供が生まれた合図だった。

風に乗って城外の歓声も聞こえてくる。

「……ひどい」

まだあたたかい母の手を握って、シリルは窓から見える魔法花火を睨みつけた。残酷にもほどがある。こんなにも寂しく母が逝ったというのに、誰もが喜びに湧いているなんて。ヴィロナスの国民にも、父や兄たちにとっても、ロザーンとシリルはどうでもいい存在なのだろう。まるでずっと前から彼女などいなかったかのように——はじめから存在しなかったように、花火の下のあちら側は楽しげだ。

外の世界はひどく遠く感じられ、シリルは長いこと、ひとりで怒りと悔しさと悲しみの中で座り続けた。

「シリル様？」

はっとして、シリルは振り返った。窓の外を凝視したまま、心は完全に過去に飛んでいた。自分がどこにいるかわからず、ラウニと目があって、そうだ、と思い出す。

悔しくて腹が立って、寂しかったあの日は、もう二年前だ。

ラウニは気遣わしげな表情で、書き物机の横に設けられたお茶のスペースで、テーブルにトレイを置いた。

「手紙を書くのに時間がかかっているようだったので、お茶とお菓子を持ってきたんです。ノックはしたのですが、返事がなかったので入りました。――目が赤いですが、熱っぽかったり具合が悪かったりしませんか？」

「いや、これは……なんでもない」

身体の中で、なにもかも憎い、という気持ちと、ひとりぼっちの悲しさとが同じだけの強さで弾けた。

「その……姉上に書くことがたくさんあって、かえってどう書こうか迷ってしまって……」

「思いつくまま書いてみてもいいんじゃないですか？　長くなっても、きっと姉君は喜んでくださいます」

励ますように微笑んだラウニが、「こちらへどうぞ」と誘う。

「チョコレート、お好きでしたよね。小さく砕いたチョコレートを生地にまぜ込んで焼いてみたので、感想を聞かせてください」

「砕いたチョコレートをそのまま入れたのか？　変わった作り方だな」

半端なところでとまった手紙を一瞥し、シリルはペンを置いた。過去を思い出していたせいか、身体も頭もふわふわしてしまっている。心細いような感覚を消したくて、ティーテーブルに着くと、大きくて丸いクッキーを手にした。たしかに、チョコの塊がところどころ突き出ている。かじるとほろりと崩れて、塊のままのチョコレートの濃厚な味がした。

「クッキー自体にチョコレートの味がついているより、おいしいかもしれない。チョコの味とクッキーの味と、両方楽しめるから僕は好きだ」

「お口にあってよかったです」

ほっとしたようにラウニが頬をゆるめる。見下ろしてくる眼差しはやわらかく、こいつは本当に優しいな、と思った途端、ぎゅっと心臓が締めつけられた。

ラウニは優しい。シリルが知る誰よりも、シリルに対して優しいのだ。

大切にしてくれている、と思うとぷつんと糸が切れたように、身体から力が抜けた。泣く直前のときのように目縁が熱くなったが、涙が落ちるかわり、ため息が出る。

「……姉上は、母上が死んでも寂しくないんだろうか」

ため息に引っ張られるように声がこぼれ、ラウニが目を瞠る。シリルは自嘲の笑みを浮かべた。

「知ってるか？　姉上にはもう、何百通も手紙を送っているのに、一度も返事がないんだ。一度も——母上が亡くなったと知らせたときも、一言もだ」

「……知っています」

ラウニが痛むように眉根を寄せ、紅茶をカップに注いだ。

「ですが、返事がないからといって、シリル様の手紙を待ち遠しく思っていないとは限りません」

「どうかな。読んでもいないかもしれない」

置かれた紅茶は林檎《りんご》の香りだった。甘いにおいが、今はかえってわびしい。

「母上も僕も、この国では好かれていない。エルラーンの女王も、母上のことを煙たく思ってたのかもしれない。でもこの世で姉上だけは、母上の死を僕と一緒に悲しんでくれると思っていた。僕が復讐することも、きっと応援してくれるだろうって――」

この国では嫌われ者のひとりぼっちでも、姉上がいる、僕は正しい、と思えたから頑張れたのだ。けれど、ニーカがシリルを愛してくれているという証拠はどこにもない。

「ニーカ様のことは、俺はほとんど存じ上げませんが」

思い出そうとするように、ラウニは腕組みした。

「ロザーン様によく似ている方という印象でした。黙々とご自分の役割を果たそうとする、禁欲的で誠実な姫君だと。そういう方ですから、シリル様に対しても、わかりやすく愛情を示すタイプではなかっただけで、本当は愛《いと》おしく、羨ましく思っていたかもしれませんよ」

「羨ましいって、姉上が、僕を？」

自分が姉のようだったらよかった、と思ったことが、シリルはある。姉と同じ女の子だったら。光の魔法が使えたら。母の望みどおりの子供だったら。

「それはないと思う」

「十分ありえますよ。たった一人で親元を離れて、知らない国に行くのは不安もあったでしょうし、エルラーンに行けば当然、魔獣との戦に出ることもあります。俺だって戦う前は緊張しますから、ニーカ様だってはじめは怖かったはずです」

シリルの脳裏に、姉の姿が浮かんだ。横顔や後ろ姿はいつも毅然としていたけれど、怖い夢を見たときは泣いていた。母はニーカが悪夢を見ると決まって、甘いホットミルクを用意させ、ニーカが飲むあいだは抱っこしていたものだ。

「……そう、だな。怖かったかも」

「でしょう？　それに、寒いのだってお嫌いだったかもしれない」

ラウニは得意そうに胸を張ってみせた。

「エルラーンも認めるヴィロナスのいいところは、気候が過ごしやすいことと、魔獣の脅威がほとんどないことですからね」

冗談めかした口調にくすっと笑いかけ、シリルはまた胸が疼くのを感じた。――励まされてしまった。

林檎のにおいのする紅茶をひと口飲んで、シリルはそっと室内を見回した。

落ち着いた色合いで品よくまとまりながらも、家具の細部には凝った装飾がほどこされている。壁一面の本棚に、ティーテーブルのそばに置かれた長椅子。ベッドにカーテンがついていないのも、絨毯《じゅうたん》や寝具は青の濃淡で揃えられているのも、シリルの好みにあっていた。

窓からは広い庭が見え、城の自分の部屋より明るい。ラウニの心遣いが随所に感じられる部屋だった。

「ラウニ。その……あ、りが、とう」

気恥ずかしくて、もごもごと口ごもる。

「姉上のことは、ちょっと不安になっただけだ。手紙はちゃんと書く。と、特別おまえのことは、褒めておいてやってもいいぞ。獣人だけど、父上も信頼しているから、姉上もラウニだけは怖がらなくて大丈夫だと、書いておいてやる。特別だぞ」

「特別、ですね。ありがとうございます」

ちらりと盗み見ると、ラウニは仔猫か赤ん坊でも見るみたいに、慈しむ眼差しで見下ろしてくる。

「今度、クッキーと同じ方法でマフィンも焼いてみます。マフィンなら朝食にも食べられますから。今日はこれから明日の夜の仕込みをするんですが、なにか食べたいものはありますか?」

さりげなく話題を逸らしてくれるのも気遣いなのだろう。なんでもいいよ、と答えてから、シリルは言い直した。

「おまえの得意な料理がいい。食べてみたい」

「それは嬉しいですね。いくつかあるので迷いますが……シリル様が食べたことのなさそうな料理にしてみます」

腕がなります、と嬉しそうな姿を見ると、本当に料理が好きなのだとわかる。いろいろと変わった男だな、と思ってから、シリルはふっと首をかしげた。

「そういえば、ずっと屋敷にいるが、騎士の仕事は休みなのか？」

シリルは騎士というのが具体的にどういう勤務体系なのか知らない。身分としては十分高いほうだから、仕事をする日が少ないのが普通かもしれないが、ラウニは城の警備にもついていたはずだ。

ラウニはわずかに視線をずらした。

「今は休暇をいただいています。シリル様をお迎えすることになりましたので、俺がおそばにいなくては、と」

「なるほど、見張ってなきゃいけないからか」

「いえ、仕事に出ると、さすがに毎食料理を作ったり、菓子を用意したりは難しいし、この五日は服作りもあって、忙しかったんです」

「メイドに任せればいいだろう」

「自分でやりたいのです」

目をあわせないまま言ったラウニは、言い訳のようにつけ加えた。

「決して、騎士の仕事をないがしろにしているわけではありません。休暇を取るのは国王陛下にも、エイブラム殿下にもお許しをいただきました」

「おまえの勤勉さを疑ったわけじゃない」

王も兄も、ラウニが怠けているなんて思わないだろう。信頼に足る男だと思われている理由が、今ならシリルもわかる気がする。

シリルはカップの中を見つめた。明るい色の紅茶だ。シリルの好きな、果物の香りのお茶。お茶の種類だって、きっとシリルのために揃えてくれたのだろう。

母でさえ、ラウニと一緒にお茶をしたら、この狼騎士だけは違う、と思ってくれたかもしれない。それはもう、決して起こりえないことだけれど。

「……ラウニは、母上が獣人を嫌いだったこと、知ってるんだよな」

「はい。おそらく、この国で知らない者はいないと思います」

「——腹、立たないのか?」

シリルなら、自分が嫌いな相手からでも、嫌われたら面白くない。だが、ラウニはあっさりと、「腹は立ちませんね」と言った。

「好き嫌いというのは元来、理性でどうにかするようなことではないですし、エルラーンでは獣人は、人間の敵になることもある。北の極寒の地から攻めてくる熊や狼の獣人は、力も強く魔獣を操る術《すべ》を持っていて、大きな脅威なのだと聞きました。そういう土地で獣人は恐ろしいという常識の中で育ってきたら、ヴィロナスに来たからといって、獣人を受け入れられる人ばかりではないでしょう」

「そ……そうだよな」

ずっとシリルが思っていたのと同じことを言われて、ラウニを見上げる。

「僕もそう思う。母上はどうしても怖かっただけだ。だから僕のことも守ろうとして、僕の近くに獣人の教師が来るのもいやがったのに、父上たちはまるで母上がひどい人間みたいな言い方ばっかりだった」

「陛下は、シリル様まで獣人を恐れては将来困るかもしれないと思って、あえて獣人の教師をつけようとしたのだと思います。——ロザーン妃も、陛下やエイブラム様たちも、どちらもシリル様を大切にしている、ということですね」

エイブラムには一度、「シリルにはロザーン妃のようになってほしくない」と言われたことがある。怒ったシリルは猛然と反発したのだが。

「……だったら、そう言えばよかったのに」

拗《す》ねた声が出てしまって、シリルは唇を尖らせた。

「どうしてみんな、ラウニみたいな言い方をしないんだ。母上は間違っているとか、いまだにヴィロナスに馴染《なじ》めていないのはおかしいとか、シリルも母にだけべったりなのはおいけないとか言わないでくれれば、僕だって……」

ぽん、と頭の上に手が乗った。

「きっと、どなたかは言ってくださったこともあったんですよ。でもたぶんそのときのシリル様は、悲しかったり、怒っていたりしたから、言葉の意味を受け取り損ねたんです」

「――僕のせいか？」

「いいえ。誰のせいでもないです。強いて言うなら、子供と大人だったのですから、大人のほうがもっと頑張るべきでした。と言っても、陛下には陛下の、シリル様のご兄弟にはご兄弟の事情やしがらみもあるでしょうから、難しかったのかもしれません」

ラウニはなにか思い出すように、ふっと窓の外へ目を向けた。

「関係のない者が、ああすればよかったとか、こうしたほうがいいと口出しするのは簡単です。それが有益なこともありますが、本人にしかわからない事情があることもあります」

斜め下から見る顔が初めて、寂しそうに見えた。憂いを帯びると雄らしい精悍さがかえって悲しさを強調するようで、シリルはじっと見つめた。――ラウニにも、誰にも言えない秘密があったりするのだろうか？

声に出したわけではないのに、ラウニは聞こえたみたいにシリルに視線を戻し、ごくゆるく、頭を撫でた。

「ご気分、落ち着きましたか？」

「……うん」

　むず痒いような、そわそわと落ち着かない心地がした。髪を撫でるラウニの手が、妙に熱く、大きく感じる。頭なんて撫でるのは、親が小さい子供にすることだ。無礼だぞと怒ってもいいのに、シリルはなにも言えずに、気にしていないそぶりでお茶を飲み干した。

　途端、紅茶が変なところに入って、ごほっと盛大に咳が出る。前かがみになって咳《せ》き込むと、ラウニが背中をさすってくれた。

「大丈夫ですか？　普段は一気飲みなんかしないのに、珍しいですね」

「う……げほっ、その、なんだ、急用を思い出して……ごほっ」

「急用？」

　無論、嘘だ。咳で涙目になりながら、シリルは背中を撫でる手の大きさを意識してしまってどきどきした。頭を撫でられたときも大きく感じたが、背中だとさらに大きい気がする。包まれてるみたいだ、と思って、じわっと耳が熱くなった。

「その、えーと、本だ。読書」

「読書が急用ですか？」

「そうだ。姉上の手紙を書き終える前に、どうしても読まねばならない本があるんだ」

　めちゃくちゃな理屈だったが、ラウニは「なるほど」と納得してくれた。シリルはまだ咳き込みたいのをこらえ、そそくさと立ち上がって本棚に向かった。

「午後はずっと読書する。おまえはもう下がっていいぞ」

ただの口実だから、手に取るのはどれでもいい。だが、手近な一冊を取ろうとすると、ラウニが後ろから口を出した。

「そちらの本は一昨日《おととい》読んでましたよね？」

「……間違えた。こっちだ」

僕が読んだ本まで把握してるのか……と思いつつ、上の棚へと手を伸ばす。すぐ取れるところから読みはじめたので、背伸びしないと届かない段のものは未読なのだ。

背伸びすると、すぐ後ろに気配がした。

「この本ですか？」

真後ろに立ったラウニが手を伸ばして一冊抜き取る。声は頭のすぐ上から聞こえ、自分がラウニの顎の下にすっぽり入る大きさなのだ、と意識した。

（こんなに体格が違うのか）

後ろに立たれただけで、まるで抱きしめられたようだった。身体は触れあっていないのに、熱や、ラウニのかすかな動きまで伝わってくる。ハーブっぽい爽やかなにおいがして、ラウニのにおいだ、と思うと目眩がした。

（な、なんで……獣人のくせにいいにおいがするんだ……）

「シリル様？　別の本でしたか？」

耳元で張りのある低音が囁きかけてきて、ずきん、と痛みをともなって心臓が収縮する。全身が縮まったような心地に、一瞬、気が遠くなった。

ぼぼん！　と景気のいい音をたてて、本棚の一部が砕け飛ぶ。びくっとしたときには、シリルはすでに縮んで、床に落ちた服の真ん中に座り込んでいた。

「……なんでだ……」

使おうとも思っていないのに、魔法を使ってしまった。

薔薇の蔓が壁から生えて、本棚を貫いている。あたりには壁の破片や木屑にまじって本が散乱し、ひどい有様だ。シリルの周りだけは綺麗で、視線を上げてどきりとした。

「ラウニ――かばってくれたのか？」

「小さくなったシリル様に本がぶつかったら危ないですから」

覆いかぶさるようにしたラウニの背中には、本棚が倒れかかっていた。贅沢《ぜいたく》に重厚な木材を使った本棚は、絶対に重いはずだ。

「い、痛くないか？」

うるっと瞳が濡れてくる。ラウニはこともなげにその本棚を脇に下ろし、「大丈夫ですよ」と笑った。

「俺も、どこも怪我していません。心配してくださってありがとうございます。それより、シリル様は大丈夫ですか？」

「……っ」

指先がシリルの頰を撫でてくる。なぜか甘く聞こえる低い声と、眩《まぶ》しく感じられる頼もしい笑顔に、シリルはぱくぱくと口を開け閉めして、小さい身体の首まで真っ赤になった。


フォークの端に刺さった、小さく切られた豚肉を、シリルは頰張った。しっとり仕上がった豚肉は、ハニーマスタードとやらで味つけしてあるらしい。甘くてちょっとだけぴりとするのが、肉によくあっていた。

「シリル様、本当に戻らなくていいんですか？」

次の一口を切り分けながら、ラウニが窺《うかが》うように見つめてくる。くどいな、とシリルは胸を張った。

「面倒だから、明日はこのまま行く」

夜の食事の時間だが、シリルは縮んだ姿のまま、ラウニの一推しだという水兵服を着て、食べさせてもらっていた。ラウニは「でも」と心配そうだ。

「小さいままだと、いろいろとお困りでしょう」

「困らないようにするとおまえが言ったんじゃないか」

幸い、トイレも、シリルが乗れる台を急遽《きゅうきょ》作ってもらったので、そこに乗せてもらえば自分でできる。

「ですが――いえ、小さいままでいていただくと、俺としては嬉しいというか、ラッキーではあるんですが……」

歯切れの悪いラウニが肉を差し出してきて、シリルはがぶっと嚙みつくと、彼を睨んだ。

「ラッキーとはなんだ。さてはおまえ、人形が好きなんだな？　服作りも妙にうまいからおかしいと思ったんだ」

小さいものを見ると無条件に愛おしく思う人間は一定数いるらしい。シリルの妹に当たるアーシア姫が人形を可愛がるだけでなく、専用の家を作って、家具なども小さいサイズで揃えていると聞いたことがあった。

「いえ、人形が好きというわけではないんです」

きまり悪げにラウニが視線を泳がせる。次はスープだ、と催促してから、シリルは言ってやった。

「恥ずかしがることはないだろう。悪い趣味じゃないぞ。騎士の趣味としては意外だが」

ちらっとシリルを見たラウニが、珍しくぼやくように小さな声を出した。

「俺は小さいのより、そのあとが楽しみなだけなんですけどね」

「うん？　楽しみ？」

「なんでもありません。たしかに、小さいシリル様は可愛らしいなと思っただけです。明日どの服を着ていただくかも楽しみです」

にっこり微笑まれて、シリルは水兵服の裾をつまんだ。怖いくらいピッタリサイズなのはありがたいが、半ズボンなのが子供っぽい気がする。

「明日はボトムは長いやつがいい」

「じゃあ、ドレスですね」

「ドレスじゃない、普通のだ！」

まったく、とむくれて見せつつ、シリルは内心ほっとしていた。小さくなるのをあれほどいやがっていたのに、戻りたくないと言ったらラウニに怪しまれるかと思ったのだが、ラウニはとくになんとも思っていないようだ。

シリルだって、永遠に小さいままでいいとは思っていない。でも、今日は戻れる気がしなかった。指とはいえキスしなければいけないのも恥ずかしいし、それに、大きくなったら、ラウニと視線をあわせることになる。

（……あいつ、絶対僕の目を見て話すんだもん）

気まずそうなときだけは目を逸らすが、ほかのときは、ラウニはまっすぐにシリルを見る。人と話すときはもちろん、目を見て話すものだけれど――それが今は、シリルにはできそうにないのだ。

普通の大きさでラウニに見つめられたら、絶対に平静ではいられない。体温とか、手の大きさとか、耳のすぐ近くで聞こえる声の低さとか、彼のにおいとか、思い出してまた魔法を使ってしまう気しかしなかった。

こんなことなら魔法が使えなくなる罰のほうがよかった、と思いながら、シリルは首に触れた。銀色の首輪は苦しくないが、触るとそこにあるのだ、と実感する。

「やっぱり、罰を受けていると不便なものだな……」

「不便なくらいでなくては罰になりませんからね。それにしても、今日はどうして魔法を使ってしまったんですか？　怖いことも驚くようなことも、なかったと思うのですが」

スープの入ったスプーンが目の前に来る。手を伸ばして縁を支え、口をつけて飲むと、ラウニがナプキンの端で口を拭いてくれた。なにもわかっていないならしいその表情に、むっとするのが半分、ほっとするのが半分で、斜め下を向いた。

「おまえが驚かすのがいけないんだ。——本棚と壁を壊したのは、悪かった」

「壁も本棚も、直せばすむから大丈夫ですよ。ですが、俺、おどかしましたか？」

視界の隅でラウニは首をひねっている。しただろ、とシリルは拗《す》ねた。

「き、急に後ろから近づいて、本を取ったじゃないか。しかもあんなに背中に密着してっ」

「密着……は、しなかったと思いますが」

「した！　だっておまえの香水のにおいがしたからな！」

じろっとラウニの鼻あたりを睨み、シリルは精いっぱい威厳を保って胸を張った。

「いきなりあんなことされたら、誰だってびっくりするし、おじいちゃんとかだったら心臓とまるぞ。二度とああいうのはやめておけ」

「なるほど。あれが、だめでしたか」

「なにをにやけてる！　密着はいけないんだからな！」

「わかりました。以後はシリル様にしかしないようにします」

「僕もだめだ。せめて事前に許可を取れ」

「許可をいただくんですね。わかりました」

肩を揺らして笑いをこらえつつ、ラウニは再びスプーンを近づけてくる。三口ほど飲むと満腹になって、シリルは胃のあたりをさすった。

「もう食べられない。デザートは？」

「プリンにしました。小さい姿でも食べやすいと思いまして」

デザート用のスプーンに持ち替えて、ラウニがスプーンを掬《すく》ってくれる。

「食器も用意したほうがよさそうですね。それこそ、人形用のものがあるはずです。大きいのから食べるところも捨てがたいですが」

「次に元の大きさに戻ったら、できれば縮みたくないけどな」

世話を焼いてもらっても微妙に不便だし、なにより、おいしいものをちょっぴりしか食べられないのが悔しい。やっぱりすぐに戻ればよかったかな、と思いかけ、シリルは首を横に振った。無理だ。

「シリル様？　プリン、いりませんか？」

すぐに気づいて心配してくるラウニに「食べる」と告げて、それからシリルはテーブルの上を眺めた。大きな食堂のテーブルには、シリルの分の料理だけが並んでいる。一から十までシリルの世話を焼くラウニの前には、水飲みさえもなかった。

とろりとしたプリンの入ったスプーンの縁に手を添えて、シリルは聞いた。

「ラウニは、もう食べたのか？」

「このあと食べます」

「……明日からは、僕と一緒に食べたらいい。面倒だろう」

意識してラウニの瞳を見上げれば、やんわりと目のかたちが変わった。

「面倒ではありませんが、そうさせてもらいます」

鼓膜を弾く低い声。あれほどむかつくと思っていた声が、今はなぜかくすぐったい。

（これにも慣れないと、大きい姿には戻れないな……）

不思議なくらいどきどきする自分が、なんだか以前とは違う存在になったみたいだった。おなかの底のほうが、ずうっとぼんやり熱いのだ。見られている、と思うと俯きたくなるし、あの手が次に自分に触れるのはいつだろうと、そわそわしてしまう。

「——あ、明日からは、魔法を使わない練習もする。なにごとにも動じないようにする鍛錬を、考えておけ」

プリンに集中するふりで赤い顔を伏せると、気づいていないのだろうラウニはのんびりと言った。

「かしこまりました。鍛錬のメニューを考えるのも得意ですので、お任せください」

なるほど、騎士はそのあたりが本領なのかもしれない。けっこう頼もしいな、と思い、シリルはプリンのおかわりを要求したのだった。


「おまえのせいだぞ……」

恨めしいのと痛いのとで、シリルは呻《うめ》いた。後ろからシリルを抱っこしたラウニは、殊勝そうな声で謝ってくる。

「はい、俺のせいです。でももう大きくなっちゃったんですから、諦めてください」

「……あんまり反省してないだろ、おまえ」

半分だけ振り向いて、シリルはラウニを睨んだ。ラウニは真顔で首を横に振った。

「とんでもない。気をつけていたつもりが、うっかりシリル様の顔に触ってしまって、運悪く唇が俺の手にぶつかるなんて、申し訳ないと思っています。だからほら、前を向いてください。搾ります」

どうにも、謝り方が嘘っぽい気がするのは気のせいだろうか。

今日はテッドに会う日だ。小さいままで行くつもりだったのに、朝起こしにきたラウニに食堂まで運んでもらおうとしたときに、ラウニの言ったとおりのことが起き、はからずも戻ってしまったのだった。

シリルは自分の身体を見下ろした。ラウニは服を着ているが、シリルはまだ裸だ。半日以上縮んでいたせいか、ひどく胸が張っていて苦しい。乳首は芯を持って硬くなり、濃く色づいていた。

じんわりと乳が滲んでくる乳首を、ラウニの指先がつまむ。親指と人差し指に挟まれると、小さい乳輪も乳首も見えなくなった。軽く動かされた途端、その指のあいだから、ぴゅうっと白い汁が出る。

「……っ、ん、……ッ」

かくん、と仰け反って、シリルは衝撃に耐えた。恥ずかしくていやでも、胸が張ったままではとても外出できそうにない。ラウニは今度は指を曲げ、第二関節を使って周囲から揉み出す。弾けるように勢いよく、乳汁がしぶいた。

（うう……なんで気持ちいいんだ……）

痛みはあるが、溜まっていたものが噴き出す感覚が、どうしても快感に感じられる。びく、ひく、と身体が痙攣《けいれん》してしまい、シリルは荒い息をついた。

「小さいままで、よかったのに……ラウニの、馬鹿」

「街に出るのですから、大きいほうが安心して楽しめますよ。おいしいものだって、すぐにおなかいっぱいになったらもったいないじゃないですか」

宥《なだ》める声音で言って、ラウニはまた搾ってくる。あうっ、と声が出て、シリルはラウニの太腿を叩いた。

「や……っ、ちょっと、休ませろ……っ」

「ですが、今日はずいぶんたくさん出ていますから、急がないと待ち合わせに遅れるかもしれません」

「でも、ほんとに、……っぁ、あ、あッ」

左右交互に乳首を引っ張られ、順に乳汁が溢れる。前の余韻で身体が痺れているところに、鋭い快感が駆け抜けて、シリルは悲鳴のような喘《あえ》ぎをあげた。

「う……っ、も、やだ……っ」

「おつらいと思いますが」

低く冷静そうな声が、耳元に囁きかけてくる。

「耐えていただかないと。いっそのこと、これも平常心を保つ鍛錬だと思ってはいかがでしょう?」

それもありかも、とちらりと思う。けれど、胸の周囲から揉み出すように指を立てられ、最後に乳首をつままれると、声も出せずに仰け反った。

「……ッ、……っ!」

不随意に身体がくねる。目の奥はちかちかと眩しく、酸欠になったみたいにぼうっとした。

(これ……射精より、すごいかも……)

性器が硬くなって処理するときは、快感は一瞬で、平常心に戻るのにもそうかからない。なのに胸は、絞られる瞬間だけでなく、いつまでも熱っぽい痺れが全身に残るのだ。

ぐったりしてしまったシリルを、ラウニは丁寧に抱き直す。さわさわと手のひらで胸全体を撫でられ、乳首がにぶく痛んだ。

「もう……おしまいにする……」

何回か搾ったのだから、あとは自然とおさまるまで待ってもいい。これ以上快感に耐えるよりは楽だろう。

「いけません、シリル様。まだ乳輪がぷっくりしてますから。シリル様は立派な王子ですから、これくらいのことは耐えられるでしょう?」

励ますように言われたが、全然嬉しくなかった。

「ラウニは意地悪だ……」

呟くと、一瞬ラウニの動きがとまった。

「その評価は不本意ですが——反論もしにくいですね。では、もっと優しくしましょうか」

「優しく？」

もしかして、乳首を刺激して搾るのよりソフトなやり方があるのかと、シリルは一瞬期待した。だが、ラウニはしっかりと両方の乳首をつまみ、こう言った。

「はい、ぴゅっぴゅしてください。上手にできたらご褒美ですよ、シリル様」

「そ、それはなんか違う……っ、は、……んんっ、ぁ……っ」

子供をあやすような言葉遣いにすればいいというものじゃない、と思うのに、リズミカルに絞られると言葉より喘ぎが出てしまう。背筋を反らして震えれば、ラウニがまた囁いた。

「たくさん噴けてますよ。偉いですね」

「やめろ、ばか……っぁ、ぃっ、も、そういうのいいから……っあ、ぁッ」

「お気に召しませんでしたか。いいかな、と思ったのですが」

「いいわけないだろ、……っぅ、んっ、あっ、ぁあ……っ」

じんじんと胸が熱い。腹も重たくて、特に下腹部はねっとりした蜜でも溜まっているかのようだ。かすむ目をまばたいて確かめれば、いつのまにか性器は勃ち上がっていた。

隠したいが、手を伸ばしても乳を搾られるたび、力が抜けてだらりと脇に落ちてしまう。きっとラウニには見えていないはずだ、と思うことにして、シリルはぎゅっと目を閉じた。もう少しだから、と必死に己を鼓舞し、搾ってもらうこと五分。

「……っ、ふ、……っ、ぁ……っ」

「終わりましたね」

早くラウニの膝から降りたいのに、小刻みに震える身体はいうことをきかない。ラウニはシリルの顔を見ると、そっと抱き上げてベッドに横たわらせてくれた。

「少し休んでください。——ここ」

ふわっ、とあたたかい手が股間を包む。シリルは目を見ひらいた。声をあげかけ、真上から見下ろすラウニの表情に、心臓がきゅっとすくんだ。

冬を思わせる瞳の黒が、いつもよりいっそう濃い。怖いほど強い視線に、肌がちりちりした。

まるで、獲物を狙うような目だ。真剣で、本気の目。

「シリル様がお望みなら、ここも、楽にして差し上げましょうか？」

染み込むような低音に、ぴくりと指だけが跳ねる。駄目に決まっている。なのに一瞬、「どうなるだろう」と思ってしまった。頼む、と言ったら。胸を搾るように、硬直してしまった性器をしごかれたら。

胸よりももっと、気持ちいいだろうか。

「い……、いらな、い」

逃げるように、シリルは横向きに身体を丸めた。

「これはすぐに……おさまる、から。どうせ魔法の副作用だし……」

「――魔法の副作用なら、お手伝いしてあげられると思ったのですが」

ため息をついてラウニがベッドを降りた。そのまま離れるかと思ったが、頭を撫でてくる。

「着替えと、身体を拭くものを持ってきます。トトが入らないようにしますから、十五分ほど、待っていていただけますか?」

「……うん」

緊満硬直が自然と治るか、処理するための時間をくれたのだ、とわかった。ラウニが静かに部屋を出ていくまで待って、シリルは丸まったまま唇を噛んだ。

ため息をついたときのラウニの声は、なんだか少し不機嫌だった気がする。せっかくラウニが、副作用を楽にしようと言ってくれたのに拒んだりして、いやなやつだと思われたかもしれない。でも。

(……大事なとこ、ラウニに触られたら……だめな気がするんだ……)

獣人だから、ではもうない。たぶん、本当に結婚相手なわけじゃないからだ。だからだめだと思って当然なのに、どうしてか、寂しいような後ろめたさがあった。シリルはいっそう背中を丸め、両膝を抱えた。後ろめたく思う必要などないはずだ。たしかに親切を拒んだことにはなるが、ラウニだってこの前は、触るべきじゃないと言っていた。なのに今日はあんなことを言うなんて。

（ちょ、ちょっとだけだけど触られたし）

あの手に握られたら、シリルの性器はすっぽり隠れてしまう。あたたかい手のひらに包み込まれるのを想像しかけて、慌てて目をつぶった。

気持ちいいかも、なんて期待するのはいけないことだ。ラウニには、あとで謝ればいい。わがままで断ったわけじゃなく、大切なところだからだと言おう。おまえのことが嫌いだからじゃない、と。

じゅわじゅわと欲を訴える性器は、じっとしているとだんだん疼きがおさまってくる。シリルは指で首輪を探った。

――小さくなることより、副作用のほうが大問題だ。どうにかして副作用だけでも、軽くする方法があればいいのだが。

人生で初めての「カフェ」は、なかなか可愛らしい店だった。木の壁に木の床、テーブルも椅子も木目を活かした素朴なもので、ミントグリーンと白の縞《しま》模様で統一されたカーテンやクッションが爽やかだ。

「テッドは遅れるようです。用事があって、子供を迎えにいくのが遅れたとか」

大きく開け放された窓の隣の席で、ラウニが窓から手紙鳥を放す。魔法をかけられた鳥が、急ぎの手紙を届けてくれるのだ。

普段なら、約束の時間に遅れるなんて、とむっとするところだが、今日ばかりはちょっとほっとして、シリルは鷹揚《おうよう》に頷いた。

「ここで待っていればいいんだろう？　僕はかまわない」

「さすがシリル様、寛大ですね。では先に、なにか頼みましょう」

微笑したラウニが目を向けると、中年の男性店員がいそいそと近づいてくる。

「久しぶりにいらしてくださってありがとうございます。今日は例の、召し上がっていただけますか？」

「ああ、頼む。シ……連れにも同じものと、オレンジの紅茶を」

「かしこまりました」

店員は嬉しそうだった。シリルは彼とラウニを見比べて、数回まばたきした。なんだか、屋敷にいるときとラウニの雰囲気が違う。私的な場所と公の場所では違って当然かもしれないが、普段よりもさらに成熟した大人のようで、落ち着いている。騎士の制服は着ていなくても、いかにも騎士らしく見えるし、顔立ちもいっそう精悍に感じられた。

（なんていうか……かっこいい）

ぼやっとそう思ってしまってから、シリルは赤くなった。気づいたラウニが訝しげな顔をする。

「シリル様、暑いですか？」

「いや、なんでもない」

口元を押さえてごまかし、それからシリルは背筋を伸ばした。

「たぬき獣人が来る前に、言うことがある」

「俺に、ですか？」

うむ、と重々しくシリルは頷いた。乳搾りのあとの「手伝い」を拒んだことを謝ろうと思っていたのに、屋敷にいるあいだは謝れなかったのだ。きっかり十五分後に戻ってきたラウニはいつもどおりの甲斐甲斐《かいがい》しさで、てきぱきと支度を促され、そのまま屋敷を出てきたから、機会を逸してしまった。

「今朝《けさ》のことだ。一応、謝っておく」

「今朝のこと……？」

ラウニは首をかしげている。もしかしてあのため息に大した意味はなかったのかもしれない、と気づいたが、今さら撤回するわけにもいかず、シリルはさらに頬を染めた。

「ほら、その、搾ってもらったあと、おまえが緊満硬直を」

「きん……なんですって？」

ラウニの狼耳が、聞き慣れない単語に左右ばらばらに動いた。あっけに取られたような顔をされ、シリルは「だから」と膨れた。

「緊満硬直だ、何度も言わせるな。ラウニが、ここも楽にしますかと聞いてくれただろう。副作用を心配してくれたのに、いらないと突っぱねてしまった」

「あれは――いいんです」

ラウニはようやくシリルの言わんとすることを理解したらしく、気まずそうな顔になった。珍しく雑な仕草で頭をかいたかと思うと、横を向いてしまう。

「忘れてください」

「そういうわけにはいかない。親切だったのはわかっているんだ。でも、おせっかいだと思ったわけじゃなくて、あそこは大切な部分だから……、といっても、おまえが獣人だから触らせたくないとかじゃなくてだな、大切なところということは、他人にもむやみに触れることを強要すべきではないということで、触る側からしても、特別な、一生添い遂げるような相手のがいいだろうと思って」

「シリル様」

なんとか理性的に説明しようと言葉を重ねると、ラウニが手を上げてとめた。

「そのくらいにしてください。お気持ちはよくわかりました」

「でも……」

まだおまえ、怒ってないか、と聞こうとして、シリルはぽかんとした。ラウニの横顔が、いつのまにか赤い。シリルの視線に気づくと咳払いし、落ち着かなげに座り直した。よく見れば、尻尾が小刻みに揺れている。

「……ラウニこそ、暑いんじゃないか？」

大丈夫かな、と心配になると、ラウニはやや恨めしそうにシリルを見た。

「シリル様があまりにも可愛いことを言うからですよ。一周回って気がすむまで聞きたいくらいですが、ここはカフェなので、あまり適切な話題ではないかと」

「む……たしかに」

下半身の話題も、罰の魔法も人前で話すことではなかった。気になって周囲を見渡せば、混雑した店内のあちこちから、人々がこちらを窺っているのがわかる。ばれてしまったかも、と不安になって、シリルはラウニの姿の陰になるよう、窓のほうに椅子を寄せた。

「あともうひとつ、聞きたいこともあったんだ。魔法の副作用をかるくする方法ってないのか？」

「副作用をですか。専門外ですが――」

　そこへ、さきほどの店員がトレイを持って近づいてきた。テーブルに置いてくれたのは紅茶と、ガラスで作った馬上杯のような器だった。八分目までクリーム色のものが入っている。上には果物と、器からはみ出るほど白い綿雲のようなものが載っていて、棒のついた花のかたちの飴細工が刺さっていた。

「なんだこれは。見たことないぞ」

「こちらはフルーツババロアとわたあめのパフェです」

　ババロア以外は聞いたこともない単語だ。店員にかわって、ラウニが説明してくれた。

「パフェというのは、アイスクリームやケーキ、果物などをこういう高さのあるグラスに見目よく盛りつけたデザートのことです。わたあめは溶かした砂糖を小さい穴のあいた容器で飛び散らせ、魔法の風で冷やして作るんです。見た目が可愛いので、人気が出るんじゃないかと俺が考案しました」

　作り方を聞いてもよくわからなかった。ただ、料理に風魔法を使うなんて思いつくのがすごい、とシリルは感心してラウニを見つめた。

「じゃあ、この店はおまえのなんだな」

「いえ、店主が知り合いなだけです。もともと腕のいい料理人で、ケーキがおいしいと人気の店なんですよ」

「いやあ、お恥ずかしいです。そのケーキがだんだん飽きられてしまいまして、ラウニ様は料理がお上手ですから、ときどき相談させてもらっております。昼食用のメニューもデザートも、ラウニ様の提案で作ると評判がいいんですよ」

運んできた男性は満面の笑顔だった。彼が店主らしい。

「先日考案していただいた、米を香辛料と魚介と一緒に蒸し焼きにする料理も、それはそれは人気でして」

「それはよかった。次来るときは昼時にしよう」

ラウニはさっき照れていたのとは別人のような落ち着きで店主と話している。もう一度店内を見回すと、こちらを窺っている人々のほとんどは、ラウニに見惚《みと》れているようだった。さっき「見られている」と思ったのも、みんなラウニを見ていただけかもしれない。

(英雄の騎士だもんな。好かれているのも当然か)

王子のシリルより目立っているのは釈然としない。だが、逆に言えば、彼のおかげで誰もシリルだとは気づいていないのかもしれなかった。

大勢に怒られてもいやだからこれでいいのかもな……と思いながら、シリルはパフェとやらを口に入れてみた。果物とふわふわのわたあめ、ババロアとまとめて食べると、しゅわっと消える食感と甘さ、酸っぱさ、まろやかさが順番に感じられる。

「やっぱりラウニは天才かもしれないな。おいしい」

「それはよかったです。食べられそうなら、他のメニューを頼んでもいいですよ」

「いいな、食べたい」

乳搾りは大変だったが、大きく戻してもらってよかった。おかげでたくさん食べられそうだとうきうきして、スプーンいっぱいに掬うと、ラウニも、店主も微笑ましそうに相好を崩した。店主はごゆっくり、と告げて戻っていく。

「このババロア、今まで食べた中で一番だ」

むぐむぐと頰張ると、ラウニはふっと頰をゆるめて手を伸ばした。

「口、ついちゃいましたよ」

指で唇の端を拭われて、うん、と半ば上の空で返事する。ババロアも果物もおいしいが、わたあめとやらが楽しくていい。

きっとこれもおいしいだろう、と期待して棒つきの飴細工を持ったとき、音をたてて店のドアが開いた。

「ラウニ様！　これはどういうことですか！」

赤と黒の組み合わせの、目を引く服装は騎士のものだ。茶色の髪を短く切りつめた、ラウニより少し年上に見える男は、大股で歩み寄ってくると怒鳴った。

「国境から戻ったらあなたが王子と結婚すると宣言して、以来ずっと休んでいると聞きました。屋敷に行ったら、出かけているというから来てみれば……っ」

がっちりした顔が悔しそうに歪む。ラウニのすぐ近くに立ち尽くした男は、握った拳を震わせながら、鋭い目つきでシリルを睨んだ。

「なぜ！　よりによってシリル王子と結婚するなどと、陛下に言ったのですか！」

「ち、違うぞ、落ち着け。結婚はまだしてない」

シリルは動揺して立ち上がった。男に掴みかかられそうで咄嗟にそうしたのだが、いっせいに店内の視線が突き刺さり、さっと血の気が引いた。飴細工を握ったまま、足がすくむ。

騎士の男はいっそう険しい表情になる。

「まだ？　ということは、これから結婚するということだろう！」

「いや……それは、言葉のあやというか……」

僕は結婚したくないし承諾してもいない、と言いたかったが、男は無視するように、再びラウニに詰め寄った。

「どうせあなたのことだ、陛下のためとか、エイブラム殿下のためとか考えて、仕方なく引き受けたんでしょう？　結婚なんて嘘をつく必要はないのに」

「落ち着け、テレオス」

わずかに眉をひそめて、ラウニがため息をついた。

「辺境警備、ご苦労だったな。おまえが俺のことを案じてくれているのはよくわかるが、俺から、シリル様と結婚したいと陛下に頼んだんだ。陛下はパトリシア様かアーシア様をと言ってくださったが、俺はシリル様しか考えられない」

「っ、男性がお好きだったんですか？　だったら、シリル王子以外にも、綺麗な男やもっと性格のいいやつがいるでしょう！」

「聞こえなかったか？　ほかの誰か、ではなく、シリル様がいいんだ」

ラウニが誤解しようもない明確さで言いきる。テレオスと呼ばれた男は、衝撃のあまりかよろめいた。

「……嘘だ」

ふらふらしながらラウニの肩を掴んだテレオスは、訴えるように揺さぶる。

「そんなの嘘ですよね？　俺はいやです、あなたがシリル王子と結婚なんて——ラウニ様の評判まで落ちるだけなんですよ？」

「俺の評判なんかどうでもいいんだ」

「よくありません！」

テレオスはばっと店のほうを振り返ると、訴えるように右腕を広げた。

「皆、こんなことが許せるか？　ヴィロナスを救った英雄が、褒美をもらうどころか、厄介者の王子を押しつけられるなど！」

今や店中どころか、開け放した窓やドアの外からも、人が覗き込んで注目していた。ざわつく彼らのあいだから、「やっぱりシリル王子だ」「似てると思ったんだ」という囁きが聞こえてきて、シリルはぎゅっと上着を握った。やはり、見られているのはラウニだけでなく、シリルもだったのだ。それでも声をかけられたり、睨まれたりはしなかったのに──テレオスが来てから浴びせられる視線は、棘のように痛い。

「ラウニ様ばっかり、苦労される必要はないと思う」

朴訥《ぼくとつ》そうな男が緊張した面持ちで声をあげる。すると隣の席の男も頷いた。

「たしかシリル王子には罰が与えられたんだろう？　ていうことは、国王も認めた犯罪者ってことだ。いくらラウニ様がついていても、どうして出歩いてるんだ？」

「きっとラウニ様は、お荷物を押しつけられたのよ」

いらいらした様子で言ったのはまだ若い娘だ。

「だって結婚だなんてありえないじゃない。王子が罰を軽くしたくて、頼み込んだんじゃないの？」

違う、と喉まで出かかったけれど、彼女に睨まれると呑《の》み込むしかなかった。身を縮めると、人々が勝ち誇ったように口々に言いはじめた。

「シリル王子は城でも、魔法で使用人をいじめるような人だろ。見たところ、王子だからって罰も軽かったみたいだが、そんなのずるくないか？」

「そうだそうだ！　俺たちの祭りだって台無しにしたくせに、お咎《とが》めなしだったからな！」

「魔法を悪事に使うなんて、王家から追放されるべきよ」

「弟を殺そうとするなんて、意地が悪いなんてものじゃないものね」

声は大きく、激しくなっていく。だんだんと色濃くなる怒りの雰囲気に怯えたのか、隣の席の赤ん坊が泣き出した。シリルは反射的に、手にしていた棒つきの飴細工を差し出した。

母親らしき女性が、慌てて子供を抱き抱えて叫んだ。

「触らないで！　わたしの子供になにかしたら許さないから！」

悲鳴にも似た叫びに、シリルは身をすくませた。睨みつけてくる女性の目には、嫌悪と憎しみが宿っていた。

——こんなにも嫌われているのか。

テレオスは満足そうにラウニを振り返った。

「ほら、皆同じ意見です。ラウニ様が王子の子守りなんかしなくてすむよう、俺がすぐに手配しましょう」

「その必要はない」

ごく静かに、けれどよく響く声で、ラウニがきっぱりと言った。一言だけであたりが静まり返る。

「俺とシリル様は伴侶だ。強制されたわけでも、頼まれたわけでもない。さっき言ったとおり、この結婚は俺から願い出たことなんだ」

「は……伴侶って、まだ正式には儀式もしてないじゃないですか」

「儀式の前でも、後でも関係ない」

ゆっくりと立ち上がったラウニの圧力に負け、テレオスが後退る。ラウニはテレオスを見ることなく、動けずにいるシリルのところに来ると、寄り添うようにして肩を抱いた。

「誰になんと言われようと、シリル様は俺にとって特別な方だ。みんなの怒りが間違っているとは思わないが、シリル様はすでに罰を受けられている。私怨で必要以上に傷つけたりはしないでくれ。——それにこの方は、本当はとても素直で、心優しい人なんだ」

(……ラウニ)

かばってくれるんだ、と思うと泣きたかった。守るように回された手は、いつものようにあたたかい。けれどしぃんとした空気は、人々の不満がこもっているようにシリルには感じられた。

張りつめた雰囲気を破ったのは、のんびりした挨拶だった。

「おや、こんにちはテレオス様。それにラウニ様も、シリル様もお揃いですね。遅くなってしまってすみませんでした」

たぬき獣人のテッドが、店に入ってくる。かたわらには背丈が彼の半分もない、小さなたぬき獣人の子供がぴったりくっついていた。テッドはそこにいる全員の視線をものともせず、あのほてほてとした足取りでやってくると、子供の背中を押してシリルの前に立たせた。

「外せない急用ができて遅くなってしまったのですが、どうしても息子に会っていただきたくて。マイロと申します。マイロ、ご挨拶は？」

促されたたぬき獣人の子供は、恥ずかしそうに手で顔を隠した。

「はじめましてでんか。マイロです。あの……ぼく、」

指の隙間から窺う目は、きらきらと輝いている。ふさふさの尻尾を揺らして逡巡《しゅんじゅん》し、思いきったように「おねがいがあります！」と言った。

「シリルさまはおはなをさかせられるって。ぼく、きいろいはながすき！　ここでもおはな、さく？」

期待に満ちた眼差しに、きゅっと喉の奥が熱くなる。マイロは少しも怯えないどころか、好意がいっぱいに溢れた人懐っこい表情だった。

「……ああ。魔法だから、どこでも花は咲かせられる」

「みたい！　やって！」

ぴょこぴょこと跳ねてねだられるまでもなかった。シリルは少しだけ魔力を放ち、数秒で、店の床や壁の隙間からたんぽぽが育った。結んだ糸がほどけるように、金色の花びらが丸く広がる。

「わあ、たんぽぽ！」

マイロが喜んでしゃがみ込む。花を撫でるその前で、シリルはすうっと縮んだ。服が落ち、その真ん中に裸で立ち尽くしたが、驚いてざわめく人々から見えないように、ラウニがすぐに手で覆ってくれた。

包み込んで持ち上げられたシリルに、皆の視線が集まる。

「これがシリル様の受けられた罰だ。魔法を使うと、人形の大きさにまで縮んでしまい、元に戻るには条件がある」

張りのあるラウニの声で広がった静寂は、さきほどと違い、少しきまり悪げだった。中には互いに顔を見合わせる者もいた。テレオスがなにか言いかけ、店主に腕を引かれて思いとどまる。ラウニはぐるりと彼らを見回した。

「縮めば危険もあるし、もう魔法は使えない。肉体関与の魔法だから副作用もある。でもシリル様は、テッドの息子を喜ばせたくて、花を咲かせてくださるような優しい方だ」

「でも……ケイシー王子は、ラウニ様が助けなかったら死んでいたかもしれないんですよ」

赤ちゃんを抱いたさきほどの女性は、まだ怯えた顔だった。唇が恐怖のあまりか真っ青なことに気がついて、シリルは初めて、申し訳ないと思った。

彼女はなんの関係もない。なのに、シリルの魔法が、こんなにも怖い思いをさせたのだ。

「たしかに、あの日シリル様は魔力を暴走させてしまった。だが皆も覚えているはずだ。あの日はケイシー様の誕生日であると同時に、ロザーン妃の命日だと」

「――」

「シリル様はロザーン妃のことも思い出してほしくて、彼女の死を悼んでほしくて魔法を使ってしまったんだ。でも、今は反省していますよね？」

すっとラウニの視線がそそがれて、シリルはこくりと頷いた。

「あんなに暴走するとは思わなくて……復讐したかったけど、傷つけたり、殺したりしたかったわけじゃない。でも、実際にはすごく危険だったのはわかっている。だからこうして罰を受けた。――許してくれとは、言わない」

自分が間違っていたかも、と考えるのはいやだし、怖かった。でも、必要以上に人々を怯えさせたかったわけではないのだ。それは悔いるべきだ、と思う。

「魔法を教えてもらった初めてのときに、先生は、魔法は決して悪事に使ってはいけないと言ったんだ。僕は使うわけがないと思っていたし、この二年、いろんなことをしたのは、母上のためだから間違っていないと思っていた。でもさっき、飴を赤ん坊に渡そうとして叫ばれて、思い出した。先生はこうも言ったんだ。悪事に使ってはいけない理由は、ほとんどの人は魔法を使えないからだって。僕はその意味を、ちゃんと考えたことがなかった。でも、魔力を持たない人にとって、魔法を使う人間はそれだけで恐ろしくても当然だ。だって、自分を助けてくれるのか、それとも傷つけるものなのか、魔法をかけられる瞬間まではわからない。大丈夫だ、と信じてもらうには、普段から、悪いことには使わないのだと示しておかないといけない。――きっと、そういう意味だったと思う」

話すうちに、人々の顔つきが変わっていくのがよく見えた。店主が感激したように、拳で目元を拭った。

「ラウニ様のおっしゃる通りだ。わがままでいやなやつと評判のシリル王子だが、素敵な方じゃないか」

「それはそうですよ。なにしろ、ラウニ様が結婚したいと思われる方なんですから」

にこにこしたテッドが援護射撃して、そうすると一気に空気がなごんだ。そうだ結婚だ、と誰かが嬉しそうに呟く。

「あのラウニ様がやっと妻を娶《めと》られるんだ。めでたいことじゃないか！」

「……いや、僕は結婚については……」

承諾はしてない、と口を挟もうとしたが、もう誰も聞いていない。お祝いしなくちゃ、と声があがり、店主は踊るように奥から酒瓶を持ってきた。

「今日は店のおごりだ！　飲んでくれ」

「よし、午後の仕事は休みだな！」

急激にお祭り騒ぎが盛り上がる。テレオスは大きく舌打ちした。

「俺は認めませんからね。ラウニ様にはもっとふさわしい、非の打ち所がない方が妻になるべきなんです」

無理に怒りを抑えたように強く拳を握り、テレオスはラウニの手の中のシリルを睨むと、足音も荒く出ていった。彼のあとを追うように、最初にシリルを非難した男性や若い娘、子供連れの母親も出ていってしまい、シリルは呼びとめそこねてしゅんとした。

なるべく気持ちが伝わるように頑張って話したつもりだったけれど、それでもまだシリルを許せない人はいるのだ。

(――二年も、人にいやがられることをしてきたんだもんな)

「せっかくですから、我々もご相伴にあずかりますか」

落ち込むシリルをよそに、テッドは息子と一緒にテーブルにつき、大きな杯にそそがれた酒を受け取っている。息子のマイロは、嬉しそうに摘んだたんぽぽを眺めていた。

「テッド。……さっきは、ありがとう。それと、この前はすまなかった」

忘れかけていたが、今日の目的はテッドに詫びることだったのだ。

「いえいえ、いいんですよ。シリル様が風邪を引かなくてよかったです。それより、シリル様はお酒は召し上がらないんですか?」

「いい。今は小さいし」

「それは残念ですねえ。ここはお酒もおいしいんですが」

そこに、乾杯! という大声が響き、シリルは耳を押さえた。テッドはいそいそと杯をかかげ、勢いよく飲みはじめる。どうやら酒が好きらしい。盛り上がった店内では、あちこちで笑い声が湧いていた。

「……なんか、もう結婚式みたいな賑やかさだな……」

「前祝いでも嬉しいじゃないですか。シリル様の言葉、とても心に沁《し》みましたよ」

ラウニは上から見てもわかるほど、大きく尻尾を揺らしていた。顔も幸せそうで、シリルはぽぽっと頬を染めた。やっぱりかっこいい。人前でのよそいきモードも男らしいが、優しげな表情のほうが、シリルは好きだった。

「あれは……べつにおまえに言ったわけじゃないし、だいたい僕は、結婚については反対だぞ」

「俺が相手ではいやですか?」

尋ねつつ、ラウニはまるで愛の言葉でも聞いたようにうっとりと目を細めている。

「俺はシリル様のことが大好きなんですが」

「……っ、ばかっ」

シリルはぽかぽかとラウニの指を叩いた。

「きっ、急に言うな！　こんなとこでっ」

「急ではないでしょう。最初から、シリル様がいいと言っていたと思います」

「好きとは言わなかっただろ！」

「それも今言いました。結婚、してくれますか?」

「～～～っ」

全身真っ赤じゃないか、と思うくらい暑い。もう一回ラウニの指を叩き、シリルは顔を逸らした。

「そういうのは、急に言われても困ると言ってるだろ。おまえとは知りあったばかりだし、すっ好きとか僕は、まだよくわからないし、あと、あんまり好きとか言われると、身体が熱くなるし心臓もどきどきするからやだ」

「いやですか」

とろけそうな甘さで、ラウニが微笑んだ。

「シリル様は、まだ俺のことが好きじゃないんですね」

「う……まあ……きらい、ではないけど」

「ではこれから、好きになってください。好いていただけるように努力します」

ラウニはそう言うと、小さいシリルの頰に唇をつけた。思いのほかやわらかい弾力のある感触が押しつけられて離れる。テッドが尻尾を振りながら、「おやまあ」と目を丸くした。

「キスとは、らぶらぶですねえ」

「キ……っ」

キス、と意識した途端、頭の毛が爆発したような気がした。音がしなかったのが不思議なくらいで、ぐるぐると目が回り――シリルはラウニの手の中で、ぱたんと気絶した。


一週間後。

よく晴れた空は優しい春の色から、初夏の清々しい色合いへと変わってきた。シリルは薔薇に水をやる手をとめて、浮かんできた汗を拭った。

「シリルさま、はいっ」

にこにこ顔のマイロが、タオルを差し出してくる。太い尻尾が元気に揺れていて、シリルは自然と笑顔になった。

「ありがとう」

「飲み物もお持ちしましたよ」

屋敷のほうからワゴンを押してきたのはテッドだ。三人分の飲み物と、皿が二枚、さらにドーム状の蓋をかぶせた皿が載っている。庭の手入れをするつもりだと言ったら、二人で手伝いに来てくれたのだった。

「テッドも、ありがとう」

「ラウニ様に教えていただいたやり方で、紅茶を冷やしてみました」

身体が火照っていたからありがたかった。飲んでみるとひんやりしているだけでなく、甘い。蜂蜜だな、と呟くと、テッドが口元に手をあてて笑った。

「ラウニ様と知り合ってからずいぶん経つのですが、これほど過保護な方とは知りませんでした。疲れるだろうから紅茶には蜂蜜を、茶葉は林檎の香りのもので、おやつは苺のムースだそうです」

蓋を開けて見せられた苺のムースは、可愛らしくミントの葉で飾ってあった。

「これ以上仕事を休めないからと、六日もかけて下準備して、いないい日はシリル様が寂しくないように私にお相手をするようにって、こんな顔をして言うんですからね」

テッドは眉根を寄せる表情を真似《まね》してみせたが、たぬき顔なのであまり似ていなかった。でも、言いたいことはわかる。シリルは木の下のテーブルに二人を案内し、座らせてから、マイロにもスプーンを差し出した。

「ムースは僕とはんぶんこだ」

「いいの⁉」

「だって、スプーンは二つあっただろ」

皿も、ちゃんと二枚ある。テッドが切り分けてくれ、さっそく口に入れると、甘酸っぱいのが疲れた身体に心地よかった。庭を見渡せば、水をあげたばかりの薔薇は、葉をつやつやと光らせている。膨らんだ蕾は今にも綻びそうだ。

「まさかシリル様が、自ら花の手入れを申し出るとは思ってもみませんでした」

テッドは両手で冷たい紅茶のグラスを持って、シリルの視線を追うように薔薇を見つめる。む、とシリルは膨れた。

「城でも、花壇の手入れはやっていたぞ。植物魔法を使う以上、植物の世話もできなくてはだめだろう。教科書にはそう書いてあった」

「そうですか。ちゃんと教科書のとおりにしてこられたんですねえ」

テッドは微笑ましげに目尻を下げた。まあな、とシリルはムースを口に入れた。

「薔薇は母上も、夜明け草の次に好きだったし」

「ラウニ様も数年前から、薔薇の魅力に目覚めたみたいですよ。ここの薔薇はそのときに大々的に植えて、年中手入れをさせているようです」

ラウニが薔薇好きとは知らなかった。あんまり似合わないな、と顔を思い浮かべ、ちょっと赤くなる。

(意外と似合うかも)

目つきは鋭く、精悍で雄らしい顔立ちだが、微笑めば甘い雰囲気にもなるから、薔薇の大人っぽさもあいそうだ。どうして好きになったのかな、と考えて、シリルは左頬と胸とを押さえた。

胸は一週間前、屋敷に戻ってきてから元の大きさに戻り、搾ってもらった場所。頬は同じ日に、小さいままの姿でラウニにキスされた場所だ。今でもときどき、そこが熱いような気がする。

（今ごろ、なにしてるんだろう）

この屋敷に来てから、こんなにもラウニがいなかったことはない。カフェでは部下のテレオスに怒鳴られていたが、ラウニがシリルのためにとった休暇は、最初は五日の予定だったらしい。それが一週間に延び、さらに半月追加したところ、「さすがにそれは」と咎められて、今日から出勤しているのだった。

「新婚なのに、おかしいと思いませんか？」

今朝になっても真顔でそんなことを言っていたから、「だから結婚してないだろ」と呆れてドアから押し出したけれど。

「寂しそうですねえ」

テッドが笑い含みの視線をよこす。マイロまで「さびしいの？」と見上げてきて、シリルは慌てて胸と頬から手を離した。

「寂しくない。断じて、キスされたのを思い出したりしてないぞ！」

「シリル様は墓穴を掘るタイプなんですね」

テッドが身体を揺らして笑った。墓穴とはなんだ、とシリルは憮然《ぶぜん》とした。

「今はただ、ラウニはどうして薔薇を好きになったのかなと考えていただけだ！　僕はあいつのこと、全然知らないから」

「あんなに有名な方なのにですか？」

「英雄と言われてるのは知ってる。僕でさえ名前を聞いたことがあったくらいだから、尊敬されているんだろ？　でも、どんな手柄を立てたかも知らないんだ。この屋敷に来てから、あいつがすごく優しくて、信頼に足る人間だというのはわかったけど……好みとか、そういうのは知らない」

シリルは無意識に、もう一度頬を押さえた。

「やっぱり、僕が可愛いから好きになったのかな……」

結婚してください、とラウニは言った。大好きだとも。それは正直、ものすごく嬉しい。結婚したくなるような恋愛の「好き」はわからないと思っていたが、好かれてみれば、それがむずむずする喜びなのだと体感できた。嫌われるのと真逆で、とても気分がいい。

だが、なぜラウニが好きになってくれたのか、がわからない。思い当たるのは、嫌われているのに褒められるこの美貌ぐらいだった。

テッドがお茶を片手に、おやまあ、と目を見ひらいた。

「本当にご存じないのですね。ラウニ様は、見た目の美しさでゆらぐような方ではありませんよ。五年前、谷底から湧いた魔獣を悪用しようとした闇魔女がいたのですが、その討伐の際、絶世の美女といわれた闇魔女の色仕掛けにさえ、顔色ひとつ変えなかったそうですから」

「闇魔女の討伐？」

闇魔女とは、魔力を持つ市井の魔女たちが悪に染まってしまったときの呼称だ。たまに闇魔女になってしまう者はいると聞いたが、五年前のことは知らなかった。

「当時は百年に一度の危機と言われていました。王家に身勝手な理由で反発した闇魔女がいて、その闇魔女が稀代《きたい》の使い手といわれるほど魔力が強く、珍しいことに複数の系統の魔法が使えたのです。火と岩を操り、魔獣や動物と意思疎通ができただけでなく、その美貌と幻覚とで誘惑し、人間をも操ることさえできたとか」

それほど強い魔力の使い手は、王家にもめったに生まれてこない。

「聞いたことがないな。……でも、五年前はたしかに城が慌ただしかったかもしれない」

母の具合がさらに悪くなり、不安だったころだ。してあげられることがないか、図書室で調べようと本城に行くと、血相を変えた兄のエイブラムに、「用があるなら伝言を頼め、いいと言われるまで勝手に塔を出るな」と怒られて、ものすごく腹が立った記憶しかない。

もしかしたらあのとき、闇魔女の脅威で大変だったのだろうか。

「その闇魔女は美貌がなによりも自慢でして、魔獣を手なずけて王都を襲う気だったんですよ。自分の要求どおりにしなければ、街も民もめちゃくちゃにするとね」

「自分勝手なやつだな」

「目的はシリル王子でした」

「えっ……僕？」

　意外すぎて、シリルはきょとんとしてしまった。マイロが真似して目を丸くする。その頭を、テッドが優しく撫でた。

「城が慌ただしくなる少し前くらいに、画家に肖像画を描いてもらったのではありませんか？　その絵を複製したものが、街の中にも出回って、シリル様の可憐さがよく話題になっていたんです。王の五番目のお子様が、この国で一番愛らしいってね」

「絵を描かれたことはたしかにある。僕はべつにいいと言ったんだが、しきたりだからと。画家にも美しいと言われたし、侍女たちにも顔だけはいつも褒められたぞ」

「その噂が、闇魔女の耳にも入ったのでしょうね。シリル王子を食べて自分の美を永遠にしようと、魔法を駆使して王を脅したのです」

「――食べられてたまるか」

　ぞっとしてシリルは自分の身体を抱きしめた。恐ろしいが、魔力を持つものを食べれば自分の魔力が上がるとか、若い血を飲めば若返る、という迷信があることは、シリルも知っていた。

「でも、僕が狙われていたなんて、誰からも聞いたことないな」

「狙いがシリル様だからこそ、ご本人には伏せておいたのかもしれませんよ。ロザーン様はご病気でしたし、彼女の心労を増やすのも、陛下は望まなかったでしょうから」

「……そうか。僕が知れば、母上も知るかもしれないものな」

シリルにとって母との最後の七年間は、ずっと静かで凪《なぎ》のようだった。闇魔女の騒ぎなど知らずにすんだのは、テッドの言うとおり、父の計らいだったのだろう。

「で、その闇魔女を倒したのが、ラウニなのか？」

「はい。あっけない幕切れだったそうですよ。闇魔女の色仕掛けも幻惑もラウニ様には効かず、ひと太刀《たち》で倒されたんです。あっけない、と思えたのはもちろん、ラウニ様の卓越した剣技と経験のおかげなのですが」

「そんな手柄を立てていたんだな……」

父たちがありがたがるのも無理はない。文字通り、国を救った英雄なのだから。

すごい方なんですよ、とテッドは我がことのように誇らしそうだった。

「ラウニ様はそういう方ですから、望めば国内どころか、隣国の姫だって妻に迎えられる立場です。にもかかわらず、あえてシリル様をお選びになったのは、顔が理由ではないんじゃないですか？」

もっともな言い分だった。

「でも——顔以外だと好かれる要素は少ないと思う」

ぽつんとこぼしてから、シリルは言い直した。

「卑下しているわけじゃないぞ。ただ、なんでかなって気になってるだけだ。ほら、ラウニはすごく僕が好きみたいだから……」

キスされた頰を再び押さえて、シリルは幸せそうなラウニの顔を思い浮かべた。とろけそうな表情をされたのだから、好かれているのは間違いない。シリルが小さくなったとき、元に戻る方法にキスを指定したのも、好きな相手にキスしてほしかったからじゃないか、とシリルは思っていた。

（き、きっと、ラウニからもキスしたいって思ってたんだよな。だから緊満硬直も鎮めようとしてくれたんだろうし、人前なのにキスしたりした、んだよな）

愛されてるんだ、と思うと、骨がクラゲになった感じがする。むず痒くてそわそわして、できるなら地面を転げ回りたいくらいだった。

「気になるなら、本人に聞いてみたらいいんですよ」

テッドは穏やかな顔でシリルを見つめた。

「聞いたら、きっとラウニ様は喜びます。シリル様が俺に興味を持ってくれた！　って」

「喜んでくれるかな」

「ええ。その顔ですと、シリル様もラウニ様のこと好きになったみたいですものね」

「っ、僕は、好きだなんて言ってないだろ！」

思わずばっと立ち上がると、がらがらと門が開いた。すごい勢いで馬が駆け込んできて、近くまで来たかと思うと、乗っていたラウニが身軽く降りる。

「シリル様！　お待たせしました」

「ラウニ……仕事じゃなかったのか？」

べつに待ってはいなかったけど、と思いつつ、シリルはラウニに見惚れた。赤と黒の騎士の服が似合っている。馬に乗る姿も様になっていて、こんな男が自分を愛していると思うと、胸がきゅんともむずむずともつかない感じに疼いた。

息を弾ませたラウニは、実に頼もしい表情で頷いた。

「大丈夫、昼休みです。シリル様の昼食を用意するため、一時的に戻りました」

「昼食くらい料理人が用意したのでもかまわないけど。レシピを教えておけばいい」

「火加減が難しいから、俺がやらないとだめなんです。すぐ用意しますね」

上着を脱いで腕捲《うでまく》りして、屋敷のほうに向かいかけ、なにを思ったか引き返してきた。

「朝と変わらず、元気そうでよかった」

心底ほっとした声と一緒に、頭にちゅっ、と口づけられて、シリルはたちまち真っ赤になった。

「っ、テッドもマイロもいるんだぞ！」

「おかまいなく、シリル様」

「おかまいなく、シリルさまっ」

テッドの真似をしたマイロまでにやにやしている。テッドはシリルを手招きして座らせると、「素敵だと思いますよ」とのんびり言った。

「ラウニ様は常に冷静で、強くゆるぎなく、富も名声もお持ちで、仕事では王家のために尽くされ、親族はおろか使用人や近所の人にも慈愛の精神を忘れず、威張ることもないような完璧な方です。彼を悪く言う者も、完璧すぎて気持ち悪いだとか、人間味がないだとかいう負け惜しみしか言えないくらいですが、私はちょっとだけ、心配していたんです。ラウニ様は完璧すぎるな、と」

「……それは、わかる気がする」

「ですが、お相手に選ばれたのは、国中から嫌われている王子だなんて、面白いものですね」

「――国中から嫌われているは言いすぎじゃないか？」

シリルは胡乱《うろん》な目でテッドのたぬき顔を見つめたが、テッドはそれについては言及しなかった。ラウニの入っていった屋敷を見遣《みや》って、独り言のように言う。

「ラウニ様はいつも、自分の感情よりも義務や責任を優先される方に見えます。でもきっと、シリル様のことだけは、ラウニ様のお気持ちからきた行動じゃないかな、と私などは思うんですよ。友人というのは恐れ多いですけど、つきあいだけは長いですから――あんなに楽しそうなラウニ様、はじめてです」

そう言われると悪い気はしなかった。居心地のいい部屋も、小さいサイズの洋服も、引くくらいの細やかさで用意してくれたラウニ。その動機がシリルへの愛なら――誇らしい、ような気がする。

（……でも、なんでそこまで？）

好きになった理由はなんだ、と最初の疑問に戻ってしまい、シリルは腕を組んだ。テッドはゆったりと立ち上がってマイロを促した。

「私たちはそろそろお暇《いとま》します。あの調子だとラウニ様は、午後お仕事に戻ることはなさそうですし」

「……あいつ、また部下に怒られるかもな」

昼食が終わったら追い出さないと、と思いつつ、ばいばいと手を振るマイロに、シリルも手を振り返した。ほどなく、屋敷からラウニが出てくる。大きな荷車に、網つきの火台みたいなものを積んでいた。

「おまたせしました、バーベキューです」

「ばーべきゅー？」

「平たく言えば外でやる焼き料理です。ソースは何種類か用意しましたので、絶妙な焼き加減とソースとのマッチングをお楽しみください」

「もう騎士というより料理人だぞ、そのセリフ」

呆れつつも、手際よく火をおこすラウニを見ているとわくわくしてくる。ラウニは綺麗にウインクした。

「俺の故郷ではバーベキューが上手に焼けるようになって一人前なんですよ。息をするのと同じくらい、必須スキルです」

「故郷って?」

「領地のある南のほうです。夏の休暇は、みんなでキャンプをするのが伝統行事のようなところなんですよ」

キャンプって? ときけば、布を家のように張り立てて、そこで寝泊まりする遊びだという。食事はすべて、外で作って食べる。

「楽しいんですよ。夜は星が綺麗に見えて、焚《た》き火《び》を囲むと自然と一緒にいる人との会話も増えます。今度ぜひ、シリル様にも領地に来ていただきたいです」

「星が綺麗なのは見てみたいな。焚き火もしたことない」

ラウニが手際よくひっくり返す肉はじゅうじゅうと焼け、いいにおいを漂わせている。においにつられたのかトトもやってきて、行儀よくお座りした。よしよし、と頭を撫でてやると、ラウニが愛しげに尻尾を揺らした。

「シリル様が来てくださったら、両親は相当びっくりすると思います」

「ご両親、健在なのか? おまえが当主だというから、亡くなったんだと思っていた」

「隠居してのんびりしているんです。――でも、俺の故郷の前に、まずはお墓参りですね」

はっとして、シリルはラウニを見上げた。もしかして、と思ったとおり、ラウニが頷く。

「さきほど、許可をいただいてきました。ロザーン様のお墓参り、いつでも行けますよ」

「――ありがとう、ラウニ！」

嬉しくて、シリルはラウニに飛びついた。驚いたラウニが呻くような声をあげたが、気にせずにぎゅっと抱きしめる。

「ありがとう！　嬉しい……」

「……そうですね。俺も嬉しいです」

やんわりと、左手が背中に回った。トトが羨ましそうに鼻を鳴らしたが、シリルはしばらく離れがたくて、ラウニの胸に顔をうずめていた。


天気占いの魔女に晴天だと太鼓判を押してもらった日にあわせて、ラウニが休みを取ってくれた。途中の市場で花束を買い、馬車で城に入ったあとは、荷物をあれこれ持ったラウニと一緒に、歩いて敷地を抜けて裏の王領地へと向かう。林の先まで進むと視界がひらけ、小高い丘が見えてくる。丘は木を数本残して整備され、草地が広がる明るい場所だ。

そこで、歴代の王家の人々が、穏やかな眠りについている。

丘の上に登り、墓地の端のまだ新しい石碑にたどり着くと、花がそなえられていた。城にいるあいだ、毎日見ていた光景だった。季節によって花は違うのだが、今日は薔薇だ。

「陛下ですね」

ラウニが持ってきた花束を手渡してくれた。

「陛下は毎朝、早くにそなえに来ていらっしゃるんです」

「やっぱり、父上だったんだな」

シリルは父のそなえた花の横に、花束をそっと置いた。ラベンダーとスズランの清楚《せいそ》な色合いが、ほのかな紫色の薔薇に寄り添う。この二年間、毎日新しい花を持ってくるのは、王以外にないだろうと、心のどこかでは思っていた。認めたくはなかったけれど。

「シリル様が陛下を憎む気持ちはわかりますが、陛下も、ロザーン様のことが嫌いだったわけではないと思いますよ。お墓はここですが、髪のひと房はエルラーンに送ったと聞いています」

「――うん、わかってる」

ラウニが石碑の前の石板に落ちた木の葉を払ってくれる。シリルは自分でも意外なほど、すんなりと頷けた。

「お墓を北向きにしてくれたのも、父上の計らいだよな」

母が王を拒みとおしても、訪ねてくるかわりの見舞いの品は死ぬまで途切れたことがなかったし、癇癪《かんしゃく》を起こした母が医者をクビにすれば、すぐに別の医者が来て熱心に診てくれた。

他国から来た妃だから、ほかの王妃と同じような関係ではなかったかもしれない。でも嫌われていたわけではなく、愛情はちゃんとあったのに、母のほうが拒否したのだ。

「母上は、どうして父上が嫌いだったんだろう」

ぺたんと墓の前に座って、シリルは石の端に触れた。ヴィロナスの国自体が好きになれず、エルラーンに帰りたかったのはわかる。でも、ひとりぼっちで寂しい異国で、優しくしてくれる人がいたなら、少しは心を許してもよかっただろうに。

「俺にはロザーン様の本当のお気持ちはわかりかねますが……合理的な人間なら、祖国にもう一人産めと言われたら、その通りにしていれば国に帰れただろう、と言うかもしれません。でも、ロザーン様はそんなふうには割りきれない方だったわけですよね。意志が強く誇り高いというだけでなく、簡単には心や感情を切り替えられない、不器用なところがおありだったのかもしれません」

墓石に触れたまま、シリルはラウニを振り返った。

「——ラウニは、すごく優しいよな」

丁寧に言葉を選び、王にもシリルにも、ロザーンにも寄り添った言い方ができるのも優しさだ。

ラウニは喜ぶかわりに、自嘲するような笑みを見せた。

「俺はシリル様みたいに、生まれつき優しいわけじゃありませんよ。後悔したことがあって、それからなるべく、誰にでも事情はある、いろんな思いがある、と考えるようにしているだけです」

「後悔したこと?」

ぽろりと聞いてしまい、いや、と首を横に振った。

「言いたくないならいい」

「平気ですよ。父のことなんです」

ラウニはシリルの隣に腰を下ろした。

「父は躾には厳しい人でしたが、よく笑う、ほがらかで面倒見のいい性格でした。獣人にも、それ以外の人にも好かれていて、母との仲もよかった。俺に対しては、暴力は振るうな、特に獣人じゃない人間には優しく丁寧にするように、といつも言い聞かせていました。魔法と同じですね。獣人は人間よりも頑強だから、信頼しあって同じ場所で生きていくには、力ある者のほうが配慮しなければいけないと言っていたんです。自慢の父でした」

「でした? 存命だと、この前言ってたじゃないか」

「生きていますが、俺の中では一度死んだんです」

ラウニは耳と目を下に伏せた。

「俺は父と同じ騎士になるつもりで、十歳で家を離れて、寄宿学校に入りました。卒業までの五年は家に帰れないのですが、無事に卒業して故郷に戻ったら、父は豹変《ひょうへん》していたんです。いつも苛立った顔で、無口で、たまに口をひらけば、なにか言いかけたかと思うとやめて、かわりに怒鳴る。騎士の仕事も休みがちになっていて、母も姉も困惑して、使用人たちは怯えていました。あれほど、獣人だからこそ、他人を怯えさせてはいけないと言っていた人だったのに」

「――それは、なにか理由があったんじゃないか？」

理由もなく人が変わるとは思えない。ラウニはちらりとシリルを見ると頷いた。

「理由はありました。けれど父は言いませんでした。俺たちが心配して聞くと余計に苛立って、怒鳴るんです。あまりに理不尽で、俺も怒ってしまいました。喧嘩《けんか》したような状態で、俺は騎士見習いとして働きはじめて、夏と冬の休暇にだけ家に帰りましたが、父の様子は変わりませんでした。三年もその状態が続いて――父はまったく言葉を発さなくなったんです。それで、母から連絡が来ました。話さないというより、話せないみたいだ、と」

「話せない？」

魔法でもかけられたのだろうか。ラウニは一度、強く目を閉じてから遠くへと目を向けた。

「病気でした」

「――病気」

そんな、と思ってから、シリルはせつなくなった。聞くだけでも驚くのだから、実際に家族が病にかかったラウニたちは、どんなにつらかっただろう。

「それまでも、いくらなんでも変だとは、俺も思っていたんです。けれど医者を呼ぼうとすれば父がいやがると、母は言っていました。今思うと、父は誰にも心配をかけたくなかったんだと思います。自分でもおかしいとは感じていたはずです。でも、うまく言葉や声が出ない、とは相談できなかった」

ラウニの声は少し苦しそうだった。

「言ってくれればよかったのに、と思ったし、実際に父にはそう言いました。もう話せない父は悲しそうな顔をするだけで、その弱々しい表情を見たら、ものすごく腹が立ったんです」

「……お父上に？」

「父と、俺自身にです。頼ってくれなかったことと、頼ろうと思われる息子ではなかったことが、同じくらい悔しかった。父が苦しんでいると気づかず、怒鳴り返したことを後悔しました。父が取った方法は、合理的でも、正しくもなかった。でも、父はそのほうがいいと思ったんです。たぶん、俺たちのことを大切に思っていたからこそ」

だからだ、とシリルにもわかった。それから、ラウニは考えるようになったのだ。一見ただのいやな人間の、心や事情を。

「お父上とは……そのあと、仲直りできたのか？」

「ええ。父は今は足も不自由ですが、筆談で意思疎通をして、母と一緒にのんびり過ごしていますよ。俺が手柄を立てると誰より喜んでくれるし、帰省すればそれだけで上機嫌です」

ラウニはシリルを見下ろすと、頭に手を乗せて撫でてくれた。

「ロザーン様も、生きていらっしゃったら、陛下と仲良くなれたかもしれませんね」

「――うん」

鼻の奥がつんとして、シリルは地面を見つめた。

生きていてほしかった。

咲け、と念じると、周囲の土がぽこぽこと盛り上がり、若葉が芽を出したかと思うと、見るまに伸びて紫色の花が咲いた。

押さえつけられるようないつもの感覚がやってきて、シリルの身体が縮む。ラウニがすかさず、着替えを差し出した。リボンタイつきのブラウスに、ベストとズボンがセットになった服だ。

広げてもらったハンカチの陰で着終えると、ラウニが持ってきたバスケットを開ける。

出てきたのはお茶を入れた魔法筒と、小さな焼き菓子だ。通常サイズのカップや皿のほか、人形サイズまで揃っている。

「ロザーン様がご存命だったら、お茶の席で結婚の許しを乞いたかった、とずっと残念に思っていたんです。今やりませんか？」

「実際におまえとの茶会に誘ったりしたら、母上に罵倒されていたぞ……」

怖いもの知らずだなあ、と呆れつつ、敷いてもらった敷物の上に腰を下ろす。

「ていうか、いつから僕に求婚する気だったんだ、おまえは」

「初めて優しい方だと思ったのは、もう九年ほど前でしょうか」

魔法筒からカップにお茶をそそぎ、ラウニは幸せそうな顔をした。

「ちょうどロザーン様が伏せりがちになったころですね。シリル様は一生懸命、魔法を使って庭の花壇を花でいっぱいにして、それを切って花束にして、ロザーン様の部屋に駆け上がっていかれたんです。ああ、お見舞いなんだなと思っていたら、開け放した窓からロザーン様に話しかける声が聞こえました。『母様。今日は夜明け草のお花です。綺麗でしょう？　ご本を読みますか？　素敵な詩集を見つけたんです。僕、毎日たくさん勉強してます。馬はまだ少し怖いですけど、乗れるようにもなりましたよ。具合がよくなったら、城の奥の池まで乗せていって差しあげます』」

「……そういう感じのことを話した記憶はたしかにあるが、ずいぶん細かく覚えてるな」

むしろ、ラウニの言葉のおかげでシリルのほうが思い出した。晴れた日差しの角度や、寂しかった気持ち。七月で、外の世界は楽しげな暑さだった。

「シリル様の真剣な顔や、一生懸命ロザーン様を励まそうとする声がとても美しかったので、忘れられないんです」

ラウニは記憶を愛《め》でるように目を細め、ゆっくりと尻尾を振った。

「評判ではわがままで頑固な、扱いにくい王子と聞いていたのに、心の優しい方だと思いました。だから警備のたびにいっそう注意して見守るようになって、ときどき庭で泣いてらっしゃることも知りました」

「そ、それは忘れろ」

立派な王子は泣かないものなのに、見られていたのは恥ずかしい。ラウニは「もったいないので忘れません」と首を横に振り、空を見上げた。

「お母様が病気だからと、晩餐に呼ばれても行かずに、遠くから聞こえる音楽に寂しそうにしたり、怒ってみたり、ニーカ様に手紙を書いては音読したり、魔法の練習に励んだり……知るほどに、なんて健気《けなげ》な方だろうと胸が苦しくなりました」

「そんなに毎日僕の住むところを警備してたのか？」

いくらなんでも詳しすぎる。毎日盗み見ていた勢いだ。

「何度かお見かけしてからはどうしても気になって、エイブラム様に頼んで、シリル様近辺の仕事に優先して就かせていただいてました」

「……兄上もぐるなのか」

知らなかった、とシリルは唸って、焼き菓子を頬張った。人形サイズでも食べやすくカットしてある細やかな心配りも、ラウニの愛情だとは思うが。

「ていうかおまえ、九年前から僕に懸想を？　やっぱり変態では？」

「その誤解は断固として解かせてください。守って差し上げたいと思ったのは二年前ですよ」

ラウニの指先が、焼き菓子のかけらで汚れた口元を拭ってくる。

「ここにお参りするシリル様を警備したとき、石碑の前でじっとしていらっしゃる姿に胸を打たれました。お母様が亡くなられてから、シリル様は泣かなくなったでしょう。そのときも泣いてはいらっしゃらなかったのですが、涙を流すよりもずっと悲しそうに見えて、この方をひとりにはできないと思いました」

見下ろしてくる黒い瞳に、胸がぎゅっと疼く。お墓参りは毎日とても悲しかった。孤独で、寂しくて——でもそのときでさえ、ラウニは近くにいてくれたのだ。

「いつかシリル様が立ち直られるまで、陰ながらお支えしたいと思っていたのですが、ケイシー様のあの事件があって、陰ながらでは意味がないと悟ったのです。隣にいなければ癒してあげられない。あなたを大切に思う人間が、支えたいと思う者がいるのだと、知っていただこうと決めました」

そよ風に、ラウニの髪と耳とがかすかにそよぐ。凜々《りり》しく、誠実な顔をして、彼はただシリルを見つめていた。

「……だったらべつに結婚とか言わなくても」

「だって、こんな感情は初めてだったんです。誰かを見て、抱きしめたい、守りたい、離したくない、と思うのは。それって、愛しているということでしょう?」

「――」

「少しずつ、シリル様のことを好ましく思う気持ちが積み重なっていったから、自分でも親愛や忠誠心なのか、あるいは恋情なのか区別がつかないこともありましたが、愛しているんだとはっきり自覚しました。ロザーン様には結婚の許可をいただく機会もありませんでしたが、陛下たちにはお許しをいただかなくてはいけません。もちろん、口先だけで好きですと言っても、シリル様どころか陛下もエイブラム様も信用してくれないでしょう。だから、先にすべてを捧《ささ》げると宣言することにしたんです」

迷いのない低い声が、甘くシリルを包み込む。胸が――心が震える。

「俺はもうシリル様のものなので、もしシリル様がどうしても俺を好きになれなくて、離婚することになっても、ほかの誰とも結婚はしません。――俺は、シリル様が好きです。努力家なのもプライドが高いのも、母上をとても大切にしているところも、感情がすぐ顔に出るのも、本当は素直で、言われたことはなんでも信じてしまうところも」

「そ、それは半分くらい悪口じゃないか？」

「いいえ。全部、シリル様の愛らしいところです」

「――ラウニ」

シリルはラウニの指に抱きついた。嬉しかった。でも、キスして元の大きさで抱きつくのは恥ずかしい。シリルの目からは久しぶりに、涙が溢れてきていた。

「ラウニ……その、ありがとう」

「どういたしまして。できれば元の大きさに戻っていただけると、涙も拭きやすいんですが」

「……そういうのは気づかないふりをしてろ」

ぐしぐしと自分で顔を拭い、もう涙が出ないのを確認してから、シリルはなるべく偉そうに万歳した。

「どうせ顔が赤いのはわかってる。おまえが絶対僕の顔を見られない場所に抱っこしろ」

「絶対見られない場所ですか」

残念そうな、困ったような顔で眉と耳を動かし、それからラウニは溶けるように笑み崩れた。

「シリル様は本当に可愛らしい方ですね。できればずっと見ていたいです」

「だから！　見るなって言ってる！」

「じゃあ、ここにしましょう」

シリルを丁寧に持ち上げて、ラウニは胸ポケットに入れた。すとんとおさまって座ると、頭だけが出る。木々の緑はきらきらと眩しく、林の先には街から北へと伸びる街道が見えた。いい眺めだ、と思いながら、シリルは悪くないぞ、と言った。

「おまえがいてくれるのは、悪くない」

昨日までよりも明確に、ラウニと一緒にいてもいい、と思う。彼がいれば、シリルは心も身体も委ねて、やわらかくリラックスしていられる。なにも怖くなくて、寂しいこともいやなこともない。

「……悪くないって思うのなんて、おまえが初めてだぞ？」

精いっぱい「好きだ」という気持ちを込めたつもりだった。

「光栄です、シリル様」

思いを汲《く》み取ってくれたのかどうか——ラウニの目が満足そうに細まって、耳が上がったり下がったりする。ご機嫌じゃないか、と思うとシリルも満足で、ポケットの縁に両手で摑まりながら、背中をラウニの胸にもたせかけた。

帰り道は市場に寄った。時期の終わる苺のかわりに李《すもも》のパイを焼いてもらう約束をしたあと、まだ買い物があるというラウニのポケットの中で揺られているうちに、シリルはうとうとしてしまった。

話し声が聞こえた気がして目をこすり、寝てしまっていたのだと気づく。なんだかすごく眠いな、と思いながら顔を出してみると、ラウニの向かいにはエイブラムと、ラウニの部下のテレオスがいた。まだ市場の、通りのなかほどだった。エイブラムは緊張したような面持ちで、ラウニの胸ポケットにシリルがいることに気づくと、ひどく複雑な顔をした。

なにがあったのだろう、と不安になって見上げると、ラウニもまた、警戒するように唇を引き結んでいた。

口をひらいたのはエイブラムだった。

「テレオスに聞いた。おまえ、シリルと結婚すると、大勢に言ったそうだな」

「言いました。なにか問題だったでしょうか」

「問題——というか……たしかに、おまえは結婚したいと俺たちにも言ったが……」

兄は怒っているというより、困っているようだった。小さいシリルを見て、なにか言いかけてやめる。ラウニはポケットを手で覆って隠した。

「話し合いが必要でしたら、日を改めていただけますか。シリル様がお疲れなので」

「だが――、いや、そうだな。改めよう」

　エイブラムは踵を返したようだった。殿下！　とテレオスがもどかしげに呼ぶ声が聞こえる。シリルは上にかぶさったラウニの手をとんとんと叩いた。

「兄上はなんの用事だったんだろう？」

　シリルは刑罰を受けていて、まだ赦《ゆる》されたわけではない。そんなときに結婚だのなんだのと、街の人と浮かれたことを、エイブラムは咎めに来たのかもしれない。そう思ったのだが、ラウニは首を横に振った。

「わかりませんが、シリル様が気にされる必要はないと思いますよ」

「そうか？　もし怒りに来たんだったら、僕も覚悟はできているぞ。……ま、まあ、まだ結婚は……アレだが……」

　もごもご呟いて、自分でも「アレってなんだ」と思ったが、ラウニはどこか上の空だった。帰りましょう、とだけ言って歩き出す。市場の外に待たせた馬車に乗れば、屋敷まではそうかからない。その短いあいだに、シリルはまた眠ってしまった。

　次に気づくと屋敷の、シリルの部屋のベッドの上で、ラウニが優しい顔で覗き込んでいた。

「眠いところを起こしてすみませんが、大きくなってからお昼寝してくださいシリル様。時間が経つほど、おっぱいが大変ですから」

「……いい……」

不思議なくらい眠かった。思えば長いこと、夜ベッドに入っても、怒っているのか悲しいか、緊張しているかだった。それが今は気持ちも身体もゆるみきっている。すごく疲れたような気がするけれど、不快ではなかった。できることなら三日間くらい寝たいほどだ。

「いい、じゃないですよ。ほら、服を脱いで」

んん、と唸るシリルから、ラウニが服を脱がせていく。裸になると唇に指が押しつけられて、さらにふわっと身体がゆるむ心地がした。通常サイズに戻った手足を、シーツの上でゆっくり伸ばす。

「……きもち、いい……」

「――それはよかったです。うつ伏せになってください」

なぜかラウニは顔を背け、落ち着かなさそうだった。離れていってしまいそうな気がして、シリルは彼の腕を掴んで目を閉じた。

「もうちょっと……ここにいろ……」

ぎゅっとしがみつけば、ラウニの動きがとまる。深くて長いため息が聞こえた。

「このまま搾りますすよ。いいんですか?」

「……?　いいぞ……」

胸が張っている気はあまりしなかった。だからしなくていい、というつもりだったのだが、長い指が胸に這わされ、くにっと乳首をつままれると、にぶく痛む独特の快感が響いた。

「ぁん……っ」

鼻にかかった声が勝手に出て、身体がくねる。気持ちいい。快感だ、というだけでなく、甘酸っぱいような幸福感があった。さわさわと撫でてもらうと嬉しくて、両方の乳首をつままれれば、気持ちいい予感だけでも背筋がしなる。仰け反ったところでしっかりとラウニの指に力がこもった。

「っぁ、……は、……っ」

ぷしゅりと乳が噴き出して、さすがに目が覚めた。

全裸で仰向けで、隠すものもない状態だ。股間もすっかり反応していたが、恥ずかしさよりも幸せな心地のほうが勝っていて、シリルは口元に手をあてがってラウニを見上げた。

――どうしよう。もっと、してほしい。

乳搾りだけじゃなくて、抱きしめたり、撫でたり……キスしたり、してほしい。

だが、ラウニのほうから、すっと視線が外された。

「目が覚めたようですね。うつ伏せになっていただけますか?」

「抱っこじゃなくて……?」

シリルとしては、いつものように後ろから抱きしめてしてもらいたかった。それか。

「こ、このまま続けてもいいぞ？」

仰向けのままなら、キスもできるはずだ。唇同士をあわせたことはまだないが、きっとすごく幸せな気持ちがするだろう、と想像がついて、シリルはもじもじした。ラウニはちらりと一瞥し、黙って手を伸ばしてきた。

「ぁ……っ、ん、……っ」

こりっと乳首をつままれて、頭がぼんやりと霞《かす》む。にぶい痛みが普段より腹のほうに響いて、自然と腰が浮いた。

「つぁ、……っは、んっ、……っ」

搾られ、乳汁が噴き出すたびに、びぃんと深い場所から痺れが湧き起こる。ひくん、と身体が波打った。

（こんなに……気持ちよかったっけ……？）

ぼやけた意識でそう思うが、揉みしだかれてまた搾られれば、思考も霧散していく。はうぅ、と甘えた猫みたいな自分の声が遠く聞こえた。

「――いつもより多いですね。こんなときに限って……」

低く、ラウニが呟く。シリルはぽやんと目を開けて、眉根に皺《しわ》を寄せたラウニを見つめた。

「ラウ、ニ」

もっと、と心に浮かぶ言葉が、そのまま口をつく。

「さわって……、もっと、」

「――もっと、と言われても、きちんと揃っています」

「じゃ、なくて……ほ、ほかの、とこも」

それがどこを指すのかちゃんと伝わったようで、ラウニの視線が、一瞬下半身へと向く。

剝《む》き出しのシリルの性器は、すっかり勃ち上がって揺れていた。さすがに恥ずかしくなって、シリルはつけ加えた。

「ラウニが触りたかったら、してもいい……その、褒美もあげないと、いけないから。おまえには、いろいろよくしてもらってるし……」

「シリル様」

すでに濃かったラウニの目が、いっそう暗く翳った。

「ご自分がなにを言ってるかわかってますか？」

怖いくらいの眼差しで見下ろされ、シリルは小さく唇を尖らせた。なんでこんな、不機嫌な顔をするんだろう。

「わかってる。ここは、大切な相手にしか触らせてはだめなんだろ」

だからいい、と言っているのだ。ひと呼吸おいて、ラウニの表情がわずかもゆるんでいないことに気づいて、シリルは羞恥を覚えながらも言い直した。

「ラウニは、僕を大事に思ってくれてるから……特別、せ、せっくす、してもいいぞ？」

「お気持ちはありがたいですが、セックスはご褒美でするようなことではありません」

ラウニは暗い目の色のまま、逃げるように視線を移した。両手でシリルの乳首をつまみ、ぐっと根元からしごく。

「でも……っは、ぁっ、……あぁ……っ」

おまえが好きって言ってくれたから、と言いたかったのに、びゅうっ、とたくさん乳が噴き出して、シリルは背をしならせた。雷に打たれたみたいな衝撃が駆け抜けて、何度も腰が跳ねる。数秒、なす術もなく震えてから脱力し、べったりと下腹部が濡れているのに気がついた。吐精もしてしまったのだ。

乳搾りだけで達してしまった、と呆然としているうちに、ラウニがなおも搾ってくる。

「ん……っ、ぁ、待っ、……ぁ、あっ」

胸からはまだ、ぷしゅぷしゅと乳が出る。ラウニの指の動きにあわせて何度でも滲んでは噴き出して、シリルは目眩がしてきた。気持ちいい、けれど苦しい。一度達した股間はまた硬くなりはじめ、そこもむずむずとつらかった。

「ラウ、ニ……っ、あ、……はぅっ、……あ、ぁ……ッ」

溢れていく感触に、意識がちかちかする。たまらずに全身をくねらせ、シリルは手をさしのべかけて、目を閉じた。

できればぎゅっと抱きしめてほしかったけれど、ねだれなかった。目を閉じる刹那に見たラウニは、まるで修行でもしているような険しい表情だったのだ。

なんでだろう、と不安になりかけたものの、テンポよく乳首を刺激されれば、再びなにも考えられなくなっていく。短い喘ぎ声をあげながら五回ほど乳を噴き上げ、最後は性器からも白濁をこぼして、シリルはぐったりと脱力した。

指一本動かすのも億劫《おっくう》なくらい、だるい。

ラウニがゆっくりと立ち上がる気配がした。ごく軽く、頭を撫でられる。

「寝ていいですよ。シリル様がおやすみのあいだに、綺麗にしておきます」

待って、と言いたかった。けれど倦怠感は声が出せないほど強く、ラウニは部屋を出ていってしまう。シリルは抗《あらが》いがたい眠りに引き込まれていきながら、ぽつんと染みのように残った不安を感じていた。

数日経つと、気温がぐんと上がって、夏の気配がしはじめた。それでもまだ窓を開け放せば吹き込む風が心地よく、シリルはクッションを抱えて長椅子でごろごろしていた。

ラウニは今日も仕事だ。騎士の服装を纏って馬で出かけていく彼はたまらなく凛々しく、毎回見惚れてしまうけれど、こうしてひとりで留守番していると暇だった。あれほど好きな読書にも、身が入らない。

「なんでラウニは、しなかったのかな……」

ころんと向きを変えてひとりごちる。僕のこと好きって言ったのに、捧げるとまで言ったのに、触っていいぞと許可したにもかかわらず、乳搾り以外はしなかったことが、いまだに気になっていた。

「愛おしい、って言ったじゃないか」

変なの、とシリルは思う。優しいのは間違いないが、険しい顔だったのも気がかりだ。でも、あのあと昼寝から目覚めたときには、全身綺麗にしてもらっていたし、新しい服も着せられていて、ラウニは普段どおり、こまごまと世話も焼いてくれた。食事はおいしかったし、おやすみなさいをしたときは、おでこにキスだってしてくれたのだ。

愛されてるよな、と思うと、誰もいないのに恥ずかしくて赤くなり、シリルは再びごろごろした。これで、ラウニにキスしてもらったのは、頬とおでこの二か所だ。思い出すだけで自分が素敵な存在になったように思えて、キスっていいな、とシリルはうっとりした。

やっぱりラウニも、シリルにキスしてほしいがために、魔法の解除にキスを指定したに違いない。

「………なのに、しないんだもんな……」

触っていいぞと言ったのにな、と最初に戻り、シリルはよいしょと身体を起こした。もしかして、あの言い方がよくなかったのかもしれない。シリルとしては、大切な場所に触ってもいい、イコール「愛しあう」というつもりだったのだが、「セックスしてもいいぞ」というのは行儀が悪かったかもしれない。

「もうちょっと、せっくすについても勉強しておくべきだったな」

呟いてクッションに顔をうずめ、そうだ、と思いつく。この部屋の本棚に、もしかしたらセックスについての教科書もあるかもしれない。

いそいそと探しはじめると、ドアがノックされた。返事をすると、テッドが顔を出す。

「シリル様、手伝っていただけますか?」

「手伝うってなにをだ? 僕は勉強したいんだが。大事な勉強だ」

「勉強もけっこうですが、手伝っていただけるとラウニ様も喜ぶのですが」

「——わかった、手伝う」

シリルは出しかけた本を戻した。テッドはたぬき顔を綻ばせて、シリルを広間へと連れていった。

「ここの飾りつけを一緒にお願いします」

「まさか披露宴か? 僕とラウニはまだ正式な婚姻の儀式は……」

手渡されたかごはリボンでいっぱいだった。気が早いぞ、と赤くなったが、テッドは笑顔のまま首を横に振った。

「夏の感謝祭ですよ。もうすぐでしょう?」

「たしかに――十日後か? でも、あれはご馳走を食べる日じゃないか。飾りつけといっても、果物を置くだけだろう?」

夏の感謝祭は、花と果物をできるだけたくさん飾るのがしきたりなのだ。

「ラウニ様のお屋敷では、毎年友人知人を招くだけでなく、近所の子供たちも招待するんです。ですから、広間をなるべく可愛らしく飾りたいんです。メインの料理はいつもラウニ様が腕によりをかけて作ってくださいます」

「そうなのか、楽しみだな」

ラウニらしい。シリルはリボンを手に取った。棚や鉢植えの植物、カーテンなどに指示されたとおりにつけていくと、テッドがほかのメイドも呼んできて、リボンの上に紙できた果物の飾りをつけはじめた。なるほど、カラフルで可愛らしい。

小柄なテッドは、床の近くにリボンを飾りながら、ほくほくと嬉しげな顔をシリルに向けた。

「それにしても安心しました。シリル様もラウニ様と結婚したいお気持ちになったんですねえ。もちろん披露宴は、豪華にしてたくさんお客様を招きましょう」

「っ、べつにっ、披露宴したいとか、結婚したいとか言ってないだろ!」

シリルは真っ赤になってそっぽを向く。

「そうですね、披露宴がしたいとは言ってませんでしたね。まだ儀式をしてないって恥ずかしそうにしただけでした」

「……テッド、僕をからかっているだろ……」

むくむくと人のよさそうな顔なのに意地悪だ。テッドは笑って否定せず、尻尾でぽんとシリルの足を叩いた。

「手を休めずに頑張ってくださいね。感謝祭の準備はまだまだあるんですから」

「叩いたな……僕は王子なのに」

むくれながらも、シリルもせっせとリボンを結んだ。こういう感謝祭は初めてだから、準備も心が躍る。

数人がかりでやれば、広い部屋もそれほど時間がかからずに飾りつけが終わった。メイドたちはかごを持って、二階の客間も飾るために上がっていった。テッドが「さて」と尻尾を揺らした。

「次は厨房にまいりましょう」

「まだ手伝うことがあるのか？」

「ええ、お菓子作りです」

「お菓子なら、ラウニに頼んだほうがおいしくできるんじゃないか？　たしかに、料理もお菓子もラウニひとりに任せたら大変かもしれないが」

「今日作るのは、ラウニ様への感謝を示すための、内緒のお菓子なんですよ」

廊下を抜け、テッドが厨房のドアを開けた。普通、使用人が使う区画は主《あるじ》たちが使う区画ときっちり分けられているものだが、ラウニの屋敷の厨房は、ラウニがいつでも出入りできるよう、ドアが二つある。中は広々としていて、料理人と手伝いの下男が二人、忙しそうに作業していた。

普段ほとんど顔をあわせない使用人に、シリルはちょっと緊張したが、テッドがのどかな声音で「シリル様も手伝ってくださいます」と言うと、三人とも、恐縮した様子ながらも笑顔を見せてくれた。

「じゃあ、粉を量ってください。卵は割ったことないと思いますんで」

「割ったことがなくてもできる……とは思うが、やめておこう。失敗したら困るものな」

おとなしくシリルは計量スプーンを手に取った。

そばに下男がひとりついて、指示を出してくれる。すりきりで、と言われて聞き返したりしながら、真剣な表情で粉を掬っていると、料理人が「ああ」と呻いた。

「頼んだレモンが荷物に入ってない。確かめてから受け取れといつも言ってるのに」

「なんだ、足りないものがあるのか?」

「ええ。レモンがないんです。たくさん必要だから、買い足したんですが」

「だったら、シリル様におつかいに行ってもらえばいいですよ」

横から覗き込んだテッドが、ちょっぴり意地悪な目つきでシリルを見た。

「もうひとりで逃げ出すような無茶をする心配もなさそうですからね」

「――あのときはああするしかないと思ったんだ」

今日のテッドはからかいたい気分らしい。くすくす笑われて赤くなり、シリルは頬を押さえた。罰を受け、城からこの屋敷へと連れてこられたのはそんなに前じゃない。けれど濃密で、いろんなことのある時間を過ごして、シリルはもう逃げようとは思わなかった。

今の願いは、もっとラウニのことが知りたい、ということだ。

「罰の魔法も、きっと遠からず解いてもらえますよ。私からも陛下に、最近のシリル様のご様子を伝えておきましょう」

「父上にって、テッド、会えるのか？」

シリルは驚いて、テッドの顔を見つめた。国王に直接会える人間は多くない。

テッドは気恥ずかしげにひげを撫でた。

「私はこれでも学者でして。植物を主に研究していて、お城では姫君たちに植物学をお教えしております」

「――そうだったのか。知らなかった」

「本当はシリル様のこともお教えする予定だったんですよ。ただ、獣人はまかりならんとロザーン様がおっしゃったそうで、教科書だけお渡ししたのです」

「あ……じゃあ、僕が読んで手本にしていたのは、テッドが作った教科書なのか？」

「はい」

だから服が学者みたいなのか、とシリルは納得した。先生というと厳しい雰囲気の人ばかりな気がしていたから意外だが、なんとなく、教えるのも上手なのだろうな、と感じる。

「テッドに教えてもらえばよかったな。母がいやなことを言って、すまなかった」

「気にしていませんよ。それに、これからはお教えする機会もあるかもしれません。ひとまず今日は、おつかいをお願いします」

テッドは財布を手渡してくる。受け取ったシリルは「レモンだな」と料理人に確認した。

「はい。十個、できれば余裕をもって十二個お願いします」

「任せろ。このあいだラウニが李を買うのを見ていたから、ちゃんとできるぞ」

自分で財布を持って買い物だなんて初めてだから、わくわくしてくる。茶色い革でできた袋を大事に握りしめ、シリルは足取り軽く屋敷を出た。

気持ちのいい風の吹く初夏の通りを、小走りで市場を目指す。

（テッドのことも、知れてよかった）

母と父のことや、ラウニのこと、テッドのこと。城を出てから、シリルの世界は広がって、細部が鮮明になり、美しく感じられるようになった。ラウニのおかげだ、と思うと身体がどこまでも軽くなっていくようだ。

（不自由なく魔法が使えるようになったら、ラウニのためにたくさん花を咲かせたいな）

そう考えるシリルの口元には、明るい笑みが浮かんでいた。


感謝祭当日、ラウニの屋敷には大勢がやってきた。そのほとんどが近所に住む人たちだ。大人は広間や、応接間とひと続きに開放した食堂、庭に設けたテーブル席でくつろぎ、子供たちは花壇のまわりで遊んでいた。ずいぶん多いと思ったら、孤児院の子供たちも招いているのだという。ラウニが援助し、テッドが勉強を教えているらしい。

「すごい人数だな」

ご馳走が振る舞われるからかもしれないが、人望がなければこんなに集まらないだろう。シリルは感心して呟いたが、テッドは少し寂しげにした。

「今年は少ないほうです。もうちょっと賑やかなのがよかったんですけどねえ」

「十分賑やかじゃないか」

シリルから見ると賑やかすぎるくらいだ。ラウニが追加の料理を持って庭に姿を現すと、子供たちが一気に駆け寄っていく。

「ラウニさま！　たかいたかいして！」

「いいよ、おいで」

　軽々と五歳くらいの子供を持ち上げるラウニに、周囲の子供たちがきゃあきゃあ笑う。

シリルはほうっと感嘆のため息をついた。騎士らしく凜々しいラウニもかっこいいけれど、
子供に優しいラウニもかっこいい。

　見惚れていると、シリルを見つけた子たちが駆け寄ってきた。やんちゃそうな男の子二
人、女の子二人だ。

「ぼく知ってる！　こいつ、わるいことした王子さまなんだぜ！」

　指さされ、シリルはうっと怯《ひる》んだ。

「いや、僕は……」

「うそつくなよー。シリル王子だろ？」

「あー！　知ってる！　おまつりをだいなしにしたひとだー」

「おとうとをころそうとしたって、ママがゆってた！」

　四人に囲まれると、言い訳もできない。子供でも知ってるんだな、としょんぼりすると、
気づいたラウニが近づいてきた。

「おまえたち、あんまりシリル様を責めないでくれ。シリル様は悪いことをしてしまった
が、反省しているし、本当は優しい方なんだ」

「ええー……ほんと？」

一番気の強そうな女の子が、ラウニにまで不審そうな目を向ける。そこにテッドもやってきて、「ラウニ様は嘘は言いませんよ」と尻尾を振った。

「みんなも知っているとおり、ラウニ様は立派な方でしょう？　その方が結婚するお相手が、シリル王子なんです。根っから悪いやつなわけがありません」

「けっこんすんの⁉」

男の子がぴょこんと飛び跳ねて、それからきらきら目を輝かせた。

「すげぇ！　けっこんするんだー！」

「じゃあ、たくさん食べられるね！」

さっきは疑っていた女の子まで、嬉しそうに両手をあわせる。素敵、と隣の子と手を取りあっていて、シリルは戸惑ってラウニとテッドを見た。「食べられる」ってなんだ、と思ったのだが、ラウニがこっそり耳打ちしてくれる。

「最近近所で結婚した二人がいて、ご馳走が出たのを覚えているみたいで」

「食べ物につられてるのか……」

悪いやつ呼ばわりされたのに、おいしいものが食べられるからと許されたみたいで、ほっとしたような、拍子抜けしたような気持ちだった。テッドは手を叩いて子供たちの注意を引く。

「シリル様はみんなのために、お菓子も用意してくれたんですよ。ほしい人は？」

「はーい！」

元気よく全員の手が上がる。その声に、ほかの子供たちも集まってきた。

「シリル様、厨房からこのあいだのお菓子を持ってきてください」

「あれか。わかった」

シリルがおつかいに行ってレモンを買ってきて、作ったお菓子だ。ラウニへのお礼だったはずだけれど、たくさんあるから子供たちにも配れるだろう。

急いでかごを取ってくると、子供たちが取り囲んでくる。シリルは薄い紙に包んだ菓子をひとつずつ手渡した。あいだに甘酸っぱいレモンカードを挟んだ、星形のクッキーだ。

「レモンカードのクッキーですか。シリル様も手伝ったんですか？」

隣に寄り添ったラウニが、じっとかごの中を見つめた。

「うん。お菓子作りって思ったよりも大変なんだな。僕が手伝えたのは、レモンを絞ったのと、クッキーの型抜きと、できあがったクッキーを包むのくらいだったけど……、あ、あと、買い物も行ったぞ」

食べたら一瞬のクッキーさえ、あんなに工程があるなんて、ちっとも知らなかった。その大変なお菓子作りを、ラウニが屋敷にいない隙を見計らってやらなければならず、だからテッドたちは十日も前から準備をはじめたのだった。

大変だった分、できあがったものを味見したときは、今までにないくらいおいしく感じた。

「本当はラウニのために作ったんだ。感謝際だから、みんなでおまえに感謝しようって、内緒で用意してたんだけど……みんなに配っても余るはずだから、ひとつは食べてみてくれ」

「嬉しいです」

ぼそっと吐き出したかと思うと、ラウニはシリルの腰に手を回してきた。そのまま肩に顔をうずめるようにして抱きしめられて、慌ててしまう。

「ラウニ！　まだ配ってる最中なのに」

「すみません。でもちょっとだけ、こうさせてください。嬉しくて、どうしても抱きしめたいんです」

「わあ、ラウニさまがシリルさまにくっついてるー！」

子供のひとりが囃《はや》したて、大人たちまでが寄ってきた。それでもラウニは離れずに、シリルは耳まで赤くなって俯いた。

「み、みんな見てる」

「大丈夫です。抱きしめているだけですから」

ようやく顔を上げたラウニは、今度はぴったりと頬をくっつけた。

「シリル様。ひとつ、食べさせてください」

「食べさ……い、いや、自分で食べられるだろう！」

「いいじゃないですか。あーんしてください」

「だめだ」

できるわけがなかった。だって子供から大人まで、シリルたちを見ているのだ。にやにやしていたり顔を赤くしたり、わくわくした顔だったり……これでラウニに食べさせたりしたら、絶対からかわれるに決まっている。

「あーんしてもらうまで離れませんよ。今日は感謝祭なんですから、これくらいは許されると思うんです」

「――前から思ってたんだが、おまえの理屈はときどき強引すぎるぞ」

だめだ、ともう一度たしなめてみたものの、ラウニの腕はゆるむ気配がない。

「シリル様、ひとつだけ食べさせてあげたらどうですか？　みんなも見たいようですし」

テッドがシリルの手からかごを取って、かわりにクッキーを押しつけてくる。みんなに見られるのがいやなんだ、と思ったが、シリルはしかたなく紙を剝き、それを自分の肩の上にある、ラウニの顔へと持っていった。

ラウニが大きく尻尾を振って口を開けた、そのときだった。

開け放された門のほうがふいに騒がしくなったかと思うと、スピードを落とさないまま、馬車が走り込んできた。がらがらと響く車輪の音に、庭にいた全員が呆気にとられて目を向ける。シリルもびっくりしていると、ラウニが真顔に戻って、シリルの前へと出た。

守るように立ち塞がったラウニの横から顔を出してみると、止まった馬車から降りたのは騎士の服を着たテレオスだった。振り返って手を差し伸べ、もうひとりが降りてくるのを手伝う。

深い緋色のドレスの裾が見え、品よく着飾った黒髪の女性が降りてきた。一目で美しいとわかるはっきりした目鼻立ちで、年はシリルと同じくらいか、少し上だろうか。

「ご機嫌よう、ラウニ様」

声も容姿と同じく、華やかで上品だった。知り合いのようだが、ラウニの横顔は険しく、歓迎する雰囲気ではなかった。レベッカ様です、とテッドが小声で教えてくれた。

「ラウニ様の婚約者候補のおひとりだった方です」

「婚約者候補？」

そんな存在がラウニにいたなんて知らなかった。急に不安になってきて、シリルはそっとラウニのシャツを摑んだ。どう見ても彼女は招かれざる客で、にもかかわらずテレオスと一緒に来たとしたら、楽しい話にはならないだろう。

そう思った途端、レベッカの視線がシリルを捉えた。ごく悲しげな眼差しはすぐに逸れて、彼女はハンカチで目尻を押さえる。

「テレオスから聞きましたの。ラウニ様が、シリル王子と結婚するおつもりだって」

「あなたには関わりがないことです、レベッカ様」

丁寧だが冷淡に、ラウニが言い放った。テレオスが不満そうに顔をしかめる。

「ラウニ様。せっかく来てくださったご令嬢に、そんな言い方はあんまりでしょう」

「彼女のことも、おまえのことも招待していないのに？」

「レベッカ様はラウニ様のためにと決心してくださったんですよ」

さあ、とテレオスに促されたレベッカが、ハンカチを当て直しながら、潤んだ目でラウニを見つめた。

「ラウニ様からお断りされたときは、わたくしよりふさわしい方がいるだろうと思って諦めました。でも、嫌われ者のシリル王子とだなんて、あんまりです。これが正しい婚姻だと祝福する人がいたら、真相を知らないだけですわ」

ぐるりと集まった人々を見回したレベッカの声は、悲しそうに震えていた。

「皆は知っていますか？　先日のケイシー王子とメイリーン妃を助けた件の褒美として、陛下は、アーシア姫かパトリシア姫をラウニ様の妻に、と言ってくださったそうですよ。にもかからず、ラウニ様はシリル様を案じられ、罰を受けるシリル様をお守りする者が必要だからと、あえて結婚という言葉を使われたとか」

そうだったの？　と呟いたのは街の人の誰かだ。呆然とした声音だった。

「それじゃあ……結婚というのは、嘘ってこと？」

シリルはシャツを握る指から力が抜けるのを感じた。街の人が変だと思うのも無理はない。あのとき、シリルだってむちゃくちゃな理屈だと思ったのだ。

ラウニがなにか言おうとしたが、遮るように、テレオスが歩み出た。

「嘘ではないんだ。弟を傷つけようとしたとはいえ、シリル様も王子のおひとりだ。大切な陛下のご子息を預かる以上、結婚するくらいのつもりでお守りする、という決意をラウニ様は示されて、陛下もエイブラム様もたいそう感激されたとか。——そうですね、シリル様？」

勝ち誇ったような目つきでテレオスが聞いてくる。僕に聞くのか、と思いながら、シリルは頷くしかなかった。

「テレオスの言うとおりだ」

あの日交わされた会話は、実際そのとおりなのだ。俯くと、ラウニの手がぐっと背中に回った。

「少し違う。俺は、本当に結婚しますと申し上げたんだ。陛下のお子様がたのどなたかを妻にと言ってくださるなら、シリル様がいいと」

「だからそれは、生涯をかけてでも、シリル様の歪んだ性格を直すために協力する、という意味でしょう」

レベッカの目からは、とうとう涙がこぼれ落ちた。

「騎士として立派な忠誠心だと思いますわ。でもわたくし、それがいいことだとは思いません。ラウニ様は英雄でいらっしゃいます。国の誰よりも幸せになるべき方で、結婚も、皆に祝福されるような、素晴らしいものであるべきじゃありませんこと？」

「――そうだな。おれたちも、ラウニ様には幸せになってほしい」

レベッカの話に心を動かされたのか、男性がひとり頷いた。

「もちろん、ラウニ様が幸せなら、相手は誰だっていいと思うが……」

「誰でもいいわけがない」

テレオスが胸を張って男のほうを睨んだ。

「少なくとも、シリル王子がラウニ様を幸せにする伴侶とは思えない。みんなもよく考えてみてくれ。ケイシー王子を狙ったのは、母を失った悲しみからだそうだが、親をなくすのは誰もが経験することで、悲しいからといって幼い弟を殺そうとしてもいい、ということじゃないはずだ」

ざわつきながら、人々が顔を見あわせた。子供たちも不安そうに、互いを見ては寄り添っている。たしかにそうだ、という囁きを聞くまでもなく、シリルでさえ、テレオスの言い分を否定できなかった。

「シリル王子は可哀想《かわいそう》かもしれない。だが、彼だけが不幸なわけじゃない。それなのに、シリル王子は陛下やご兄弟、俺たち民のことまで逆恨みして、祭りをめちゃくちゃにしたり、いやがらせをしたりしてきたんだ。その罪は陛下も認めたから、魔法犯罪の刑を執行された。正式に下された罰の魔法が解かれていないということは、その罪が許されていないということだ。——罪人が、英雄の伴侶にふさわしいか?」

テレオスの問いに、一同が静まり返った。窺うようにシリルやラウニを見る目は、敵意だけではないものの、祝福し応援してくれる雰囲気でもなかった。テレオスは得意げに、シリルとラウニを振り返った。

「そもそも、いつもは溢れるほどの客が来るはずの感謝祭に、これだけしか人が来ていない。ラウニ様の屋敷にシリル様がいると、街の人たちも知っているから来ないのでは?」

シリルはどきっとしてラウニを見上げた。ラウニは無言だった。無言だが、険しい表情を見ると、テレオスの言葉が事実だとわかる。

(テッドも言ってた。今年は人が少ないって)

毎日楽しくて忘れそうになっていたけれど、シリルはいまだに嫌われ者なのだ。

「わたくし、昨日エイブラム殿下や、メイリーン妃にもお会いしたんです」

しくしくと泣きながらレベッカが訴えた。

「メイリーン様は、今でも露台が怖いとおっしゃっていました。それにエイブラム様も困惑しておいでてしたよ。ラウニの忠誠心はわかるが、なにも街の人にまで、シリルと結婚すると言わなくてもいいのにって。あれでは本当に結婚したい相手ができたときに、敬遠されてしまわないかと案じておいででした」

レベッカがちらりとテレオスを見る。引き継ぐように、テレオスが一歩前に見た。

「ラウニ様も、先日エイブラム様とお会いしたときに言われたんでしょう？　迂闊《うかつ》におまえの話に乗ってしまったが、ラウニにもシリルにも、それぞれふさわしい結婚相手がいると思う、と」

「そ……う、なのか？」

ずきんと心臓が痛んだ。ラウニは苦しげに眉根を寄せて頷く。

「残念ながら、そう言われました。ですが——」

「兄上が、そんなことを……」

呟いて、シリルは足元を見つめた。ほんの数分前まで、あんなにも楽しくて幸せだった気持ちが、すっかりしぼんでいた。エイブラムは理由もなくシリルを嫌っているわけではない。むしろ兄として、おせっかいなほどシリルのことを考えてくれているとわかった。そのエイブラムでさえ、シリルがラウニの伴侶としてふさわしくないと思っているのだ、というのはショックだった。

「シリル様、ですが俺は」

ラウニがシリルと向きあって、視線をあわせようとした。そこに、横からレベッカが抱きついてくる。大胆な行動に、おお、と一同がどよめいた。

「わたくしのほうが、シリル様よりふさわしいと思います」

「――レベッカ様」

「これでも、慎み深く優しいと教会でも評判ですし、家柄も申し分ございません。父も、相変わらずラウニ様のことは褒めておりますわ。それに……わ、わたくしでしたら、子供も産めます」

慎み深い女性はこういうところで抱きついたり、子供が産めると言ったりしないんじゃないかな、とちらりと思ったものの、シリルはなにも言えなかった。ラウニは珍しく露骨に迷惑そうな表情を浮かべ、しかし仕草だけは丁重に、彼女を押しのけた。

「お気持ちはありがたく思っています」

「幸い、シリル様とは儀式をあげたわけではないですから」

すかさずテレオスが割り込んでくる。

「シリル様と実際に結婚したわけじゃない。それに、国一番の英雄が婚約したとなったら、正式に知らせが出てもいいはずが、シリル王子と結ばれることになった、という告知は出ていませんからね。陛下だって、本気でラウニ様とシリル王子を結婚させる気がないということでしょう。――今なら、まだ間に合うんです」

そうだそうだ、と人々が賛同しはじめた。

「王子と英雄の結婚なのに、お城からなんの布告もないのは変だ」

「それに、さっきの話が本当なら、ラウニ様はシリル様の面倒を見るつもりなだけでしょう？　だったらなにも結婚じゃなくたって……」

「ラウニ様がいままで男性をお好きだったご様子もないしなぁ」

だんだんと大きくなる声に、ラウニの表情が硬くなっていく。いつもみたいに上手に説明すればいいのに、と思って、シリルはすうっと手足が冷たくなるのを感じた。

ラウニは口下手じゃない。理路整然と、ときには強引な理屈でも相手を納得させてしまうのに——どうして、なにも言わないいんだろう？

（……まさか、嘘をついた、なんてことないよな？　僕に、大好きだって言ったよな？）

あれが本音でなかったはずがない。そう思うのに、一度のしかかってきた不安は、膨らんでいく一方だ。

レベッカがちらりとシリルを見て、にっこりと優しい笑みを見せた。

「街の噂ではシリル様はすっかり変わられたとか。ラウニ様にかかれば、闇魔女化した王子でさえも、清らかに生まれ変わるのだともちきりですよ。だったらもう、ラウニ様が面倒をみなくてもいいじゃないですか」

「僕は——」

「シリルさま、おかしくれたよ！　やさしいとおもう！」

子供が、よかれと思ってなのだろう、飛び上がってレベッカに伝える。まあ素敵、と微笑んだレベッカが、しゃがんで子供の頭を撫でた。

「とってもお利口ね、ぼうや」

見れば、大人たちはもう納得顔をしているのが大半だった。結婚と言っていたがそういうことだったのか、という雰囲気で、みんなほっとしているように見える。祝福ムードだったくせに、と思うと恨めしいが、シリルが一番納得できないのは、ラウニの態度だった。

「ラウニ。どうして、なにも言わないんだ?」

ぎゅっと拳を握って見上げると、ラウニは逃げるように、わずかに視線を逸らした。

「俺がシリル様に伝えたことに嘘はありません。ですが、エイブラム様がシリル様と俺が結婚することを、本当に認めているわけではないことも事実です」

「兄上のことはこの際置いておく。でも……みんなにも言えるじゃないか。僕を——、僕に、好きだって言ったこと」

どっちなんだ?　と街の人たちが囁き交わす。テレオスは面白くなさそうに舌打ちし、レベッカは悔しそうだった。ラウニは苦悩する表情で、いいえ、と首を横に振る。

「たしかに、俺の気持ちは伝えられます。ですが、シリル様自身が、認められないとだめなんです」

「僕が?」

「そうでなければ、エイブラム様がお許しになりません」

ということは、とシリルは反芻《はんすう》した。ラウニがシリルを愛していると言ってくれてもだめで、シリルが人々に認められる、つまり、ラウニの伴侶はシリルがふさわしいと思ってもらわなくてはならないということだろう。

（これまで僕を嫌ってきた人間たちのことを説得してみせろ、と兄上は言ったんだな）

なるほど、とシリルは腕を組んだ。悔しいけれど、おまえではラウニにふさわしくない、と言われても、反論のしようがない。ラウニは国の危機を救った英雄で、人望もあつく、優しくて頼り甲斐のある騎士だ。かたやシリルは、美貌の王子とはいえ、人々の嫌われ者で、手柄なんて立てたこともない。

「――そうか、手柄だな！」

ひらめいて、シリルは胸を張った。全員を見回し、宣言する。

「わかった。僕は手柄を立てる」

「……、いえ、シリル様、そういうつもりで言ったのではありません」

なぜかラウニは困り顔でそっと手を伸ばしてきたが、シリルはその手から逃げた。思いついてしまえば、これが最善だ、という気がしてくる。

「決めた。僕は騎士になる。騎士になって辺境を警備したりすれば、手柄を立てられるだろう？」

「辺境には稀《まれ》にですが、魔獣が出ます。危ないんですよ」

ラウニは眉間に深く皺を寄せた。

「それに、今のままではシリル様は魔法を使えないでしょう。縮んでしまったらどうするんですか」

「う……っ、それは、あれだ、魔法を使わないで手柄を立てる」

まさか、手柄を立てたいからと罰の魔法を解いてもらうことはできないだろう。一気に心許なくなったが、もう引けなかった。ほかに方法も思いつかない。

(手柄を立てて、ちゃんと認めてもらって……ラウニには、みんなの前でも、僕を愛しているると言ってもらうんだ)

シリルとしては、さっきも言ってほしかったのだ。誰になにを言われても——たとえエイブラムに言われても、きっぱりと「シリル様が好きです」と言われたかった。

(わがままかもしれないけど、僕はどんなときも、おまえにだけは好かれてるって思いたいんだ)

だって、シリルにはラウニしかいない。

ぎゅっと拳を握って、シリルは繰り返した。

「騎士として、剣を使って頑張る」

「騎士はそう簡単になれるものじゃありませんよ。世間知らずのシリル様はご存じないでしょうが」

嫌味っぽくテレオスが言ってくる。そうよ、とレベッカも肩をそびやかせた。

「だいたい、手柄を立てたって、ラウニ様にはふさわしくないと思います。ラウニ様はデイエーリガ家のご当主、後継を作れない人が伴侶だなんて、よくないわ」

「うるさいな！　それはあとから考えようと思ってたんだ！」

思わず、シリルは怒鳴り返した。突然の破裂するような剣幕に、レベッカが目を丸くする。子供たちもびくっとして、シリルは唇を噛んだ。怒鳴るべきじゃなかった。でも――シリルだって不安なのだ。

手柄を立てるのはいい方法だと思う。エイブラムも人々も納得させられるだけの人物にシリルがならなければならないなら、頑張ろうとも思う。でも、都合よく手柄を立てられるような事態が起きるとは思えないし、仮に魔獣が出たとして、まともに城から出たこともなかった自分に、勇気ある行為が取れるだろうか。頑張れても、それで「ラウニにふさわしい」と認めてもらえるとは限らないのだ。シリルはレベッカの言うとおり、子供も産めない。

（……でも、やる前に諦めるのも、いやなんだ）

「とりあえず、今から城に行ってくる。騎士か騎士見習いにしてもらえるよう、父上に頼む」

「ふん、結局父親頼みか」

テレオスが吐き捨てるのを聞かなかったことにして、シリルはラウニを見つめた。

「もう一度聞く。おまえは僕を、愛しているよな？」

「――はい、シリル様。愛しています」

「ならいい」

深呼吸をひとつして門に向かったシリルは、そこで申し訳なさそうに佇む少年に気がついた。大勢の大人が言いあっている雰囲気が怖かったのだろう。

「感謝祭のご馳走を食べに来たのか？　入っていいぞ」

「いえ……ぼく、郵便配達なんです。シリル様あてに」

少年がおずおずと、カバンから一通の手紙を取り出した。受け取ると、差出人はニーカ・エルラーンと書かれている。

「……姉上？」

ぽかんとしてしまってから、もう一度差出人と宛名を確認したが、間違いない。初めての、姉からの返信だった。

急いで開封すると、いつか母が受け取っていたような、簡素な便箋が出てきた。文面も同じくそっけない。

『事情を把握した。シリルは至急、エルラーンに来られたし』

今さらエルラーンには行けない、と思いかけ、シリルははっとして手紙を握りしめた。振り返ればラウニが近づいてきていて、彼に向かって手紙を突き出した。

「決めたぞ。僕はエルラーンに行く」

すばやく手紙に目を通したラウニの顔が、たちまち厳しくなった。

「エルラーンはだめです、シリル様。あちらで手柄を立てるおつもりでしょうけど、魔法が使えないんですすよ」

「それはわかってる。でも僕だって、剣術は練習しているんだ。弓も、なかなか筋がいいと言われたことがあるくらいだ」

まったくの役立たずではないはずだ。実際に狩りとか戦をしたことはないから自信はない――というのは、黙っておく。

「シリル様。お気持ちはよくわかりました。その決意を、陛下とエイブラム様に伝えにいきましょう」

「決意しただけで罰の魔法を解けって頼むのか？　それじゃテレオスとか、あのご令嬢だって納得しないだろ」

「ですが、俺はシリル様を危険な目にあわせるつもりはありません」

真顔でたしなめるような言い方をされて、かっと腹の底が熱くなった。

「じゃあどうしろっていうんだ！」

かろうじて魔法は使わなかったが、苛立ちでうなじがちりちりした。シリルはほとんど悲しみに似た気持ちでラウニを睨んだ。

「おまえはなんでもできるから、僕の気持ちなんてわからないんだ」

「――シリル様」

「僕は昔からずっとおんなじだ。母上には女の子じゃなかったとがっかりされて、頑張ったけどエルラーンには要らないと言われた。父上や兄上は、手がかかる厄介なやつだと思っていただろう。母上を思って復讐すればわがままだって言われて、おまえが大事にしてくれても、誰も、僕がおまえにふさわしいとは言わない。――きっと、みんなが言うとおりなんだ。僕は、どこにいても嫌われてる」

「そんなことはありません」

せつなげな顔で、ラウニが耳を斜めに倒した。あまり説得力のないその励ましにはこたえず、シリルは踵を返した。

「嫌われ者じゃなくなるには、頑張らないとだめなんだ」

「シリル様」

呻くようにラウニは呼んで、ごく静かに、シリルの肩を摑んで引きとめた。とめるな、と振り払おうとして微笑みかけられ、シリルはまばたきした。

「ご立派です、シリル様。エルラーンには一度行ってみたほうがいいとは思っていたので、ちょうどいい機会かもしれません」

「――いいのか？」

「ニーカ様から手紙が来たなら、エルラーン王家の人々も、シリル様に無理に魔法を使わせたりはしないでしょう。幸い今は夏で、北側から魔獣や獣人が襲来する危険も少ないです。できれば俺がつき添いたいですが……」

「それじゃ意味ないだろ」

本音では、ラウニが来てくれたら心強いと思う。でも、彼にいてもらって立てた手柄では、シリルを嫌う人を納得はさせられない。

ラウニもわかっているようで、ぎゅっとシリルを抱きしめた。

「せめて、準備は整えましょう。国境を越えるのですから、陛下にも知らせて、きちんとした馬車に護衛をつけ、エルラーンには先に手紙で返事を出します。行くのはそれからですよ」

「――うん。そうだな」

あたたかい抱擁に、身体から力みが抜けていき、シリルはラウニの背中を抱き返した。

どうして頑張ると決めたのか、手柄を立てると言い出したのか、きっとラウニはわかってくれている。

（……僕だって、おまえと一緒にいたいんだ）

大好きだと言ってくれたラウニを、世界を広げてくれた大切な人を、手放したくない。

その思いが伝わっているのだと感じると、シリルはどんな困難も頑張れそうな気がした。


旅立ちの日は、夏だというのに陰鬱な空模様だった。

「やはり、日を改めたほうがよくありませんか。いい予感がしません」

馬車に乗り込もうとすると、ラウニが空を見上げた。シリルはため息をついてやった。

「占いの魔女が言ってただろう。シリル様の未来には吉兆が見えます、今日が旅立ちに最適でしょうって。天気が悪いだけだ」

シリルだって、内心では「雨はいやだな」と思っている。けれど、どんなに晴天でも、大勢の魔女が太鼓判を押してくれたとしても、どうせ不安にはなるだろうから、少しでも早いほうがよかった。

エルラーンの都には一週間ほどで着くというが、手柄を立てて帰ってこようとしたら、はたしてどれくらい時間がかかるのか。わからないからこそ、早く出発してしまいたいのだ。

尻込みする気持ちを隠して馬車に乗り込むと、ラウニが心配そうに見つめているのが見えた。唇が動いてなにか言いかけ、思い直したように微笑む。

「シリル様なら大丈夫です。いつでも俺がそばについていると、忘れないでください」

ハンカチが手渡され、シリルはそれを胸に押し当てた。罰の魔法はもちろん、まだ解かれていない。だがラウニとは離れてしまうので、一度縮んだら一週間戻れない、という元の魔法に戻されていた。

それでも、できれば縮みたくない。副作用があるからだ。ラウニがいなければ、胸を搾ってもらうこともできない。

「——行ってくる」

もう一度馬車を降りて抱きつきたいのを我慢して、シリルは反対側の窓へと顔を向けた。馬車が動き出す。数分も経たないうちに、屋根を雨が叩きはじめた。街並みも灰色に霞んでいて、初めてラウニの屋敷に来て、逃げ出したことを思い出した。あのときも雨が降っていて、でも夢中だった。あのままエルラーンに向かおうとしても、すぐに失敗しただろう。今回は馬車に乗れているし、前後には警護の騎士もつき添っている。食料や寝る場所の心配はなく、姉のニーカからの手紙もあるから、エルラーンに着いて困ることもない。

大丈夫だ、と言い聞かせて、シリルはなるべくしゃんと背筋を伸ばした。

感謝祭から二週間。父にも兄にも決意を話し、やめておけと言われたりもしたけれど、ラウニが「エルラーンには一度、行ってみるのもいいと思います」と口添えしてくれて、こうして出発の日を迎えた。

頑張るぞ、と再度自分を鼓舞し、なにがあってもいいように心づもりを整える。

だが、一時間もすると、だんだん退屈になってきた。当たり前だが、なにも起こらない。

馬車は淡々と進み、その日は宿場町の宿に泊まることになり、物珍しかったがそれだけだった。

「野宿とかするのかと思った」

それなりにちゃんとした食事を前にぽつんと呟くと、「しますよ」と声が返ってきた。

聞き覚えのある声だった。

「……テレオス？」

馬車に乗るときは気づかなかったが、護衛のひとりがテレオスだったようだ。シリルが驚いたのを見て、彼は露骨に不機嫌な顔をした。

「言っておきますが、俺はあんたのお守りなんかいやだと言ったのに、ラウニ様がどうしてもと命じたんですからね」

「ラウニが？　……だったら、テレオスは強いんだな。ラウニが信頼しているくらいだ」

自分が行けないかわりに、頼りになりそうな部下に頼んだのだろう。そう思ったのだが、テレオスはいらいらとした様子でシリルを睨んだ。

「ラウニ様は同行すればシリル王子の長所に気がつくと言ったが、なにがあろうが俺はあんたが嫌いだからな。子供じゃあるまいし、母親が死んで悲しいくらいで八つ当たりするような、わがままで自分勝手な王子など大嫌いだ」

「——そうか」

やっぱり嫌われるのはせつない。テレオス以外の騎士が近づいてはこないのは、城内でのシリルの評判を思えば仕方ないことだった。気にしないようにして、シリルは味の薄いスープを口に運んだ。

慣れないベッドでほとんど眠れないまま夜を過ごし、翌日はのどかな田舎町《いなかまち》を抜けた。最後の宿場町で泊まり、北の山脈を抜ける山道に入ったのは三日目のことだった。夜はテントが張られて、シリルはちょっとだけわくわくした。

「知ってるぞ。キャンプというやつだな。バーベキューもするのか?」

「遊びに来てるんじゃないのでやりません」

テレオスが心底馬鹿にした目で見てくる。やらないのか、とがっかりするのと同時に、シリルは急激にラウニが恋しくなった。今ごろ、絶対心配しているはずだ。せめて国境まででは手紙鳥を連れてくればよかった。

(……バーベキュー、おいしかったな……)

次はいつ、あんなふうにラウニと一緒に食事ができるのか。考えるとますます寂しくなって、シリルは首を振って忘れようとした。まだエルラーンに到着してもいないのに、くじけてどうする。こんなんじゃ手柄を立てるどころじゃないと気合いを入れ直し、シリルは焚き火で作られた煮込み料理も元気よく食べた。

翌朝には再び冷たい雨が降り出した。ヴィロナスの王都と違い、このあたりはもう夏でも冷涼な気候なのだ。

ぬかるんですべる細い坂道を馬車はのろのろと進み、ようやく雨が上がったころ、上り坂が途切れて峠にたどり着く。右側はごつごつした岩肌の崖、反対側も急斜面で、人の登れない頂上に向け、岩が壁のようにそそり立っている。

わずかばかり切りひらかれたスペースでは、エルラーンの国旗をかかげた一行が、シリルたちを待ち受けていた。銀の鎧《よろい》を纏った女性が進み出てくる。

「シリル王子ですね。女王陛下の命により、お迎えにあがりました」

「――よろしく頼む」

姉上が来てくれたわけじゃないのか、とがっかりしたが、なるべく顔には出さないよう、精いっぱい威厳を保って頷いた。騎士らしき女性の後ろに従っている三人も、すべて女性だ。皆鋭い目つきをしていて、隙のない雰囲気が威圧的だった。

テレオスがシリルを一瞥し、ふんと鼻を鳴らした。

「四日一緒に過ごしましたが、なにひとつ評価を変える気にはなれませんでしたね。音をあげなかったのは意外でしたけど、そんなことじゃ好意的にはなれませんから」

「……エルラーンでは、頑張ってくる」

憎まれ口を叩かれても、知っている人がいなくなるのは心細かった。けれどもちろん、本音は言えない。道中ありがとう、と伝えると、テレオスは無言で背を向けた。

「シリル様は馬車へ」

銀の鎧の女性騎士が促してくる。峠を越えて下り坂に入れば、いよいよエルラーンの領地だ。頷いて乗り込もうとすると、上空から、金属がひしゃげるような音が響いた。

瞬間、全身に鳥肌が立った。目を上げたシリルの視界に映ったのは、見たこともないほど巨大な、鳥と蛇が合体したような生き物だった。体は鳥だが、うねうねと長く伸びる首は二つに分かれ、先端に蛇の頭がついている。その口が大きくひらくと、耳障りな金属音めいた鳴き声が放たれた。

「魔獣だ！」

すくんだシリルを馬車へと押しやって、女性騎士が腰に手を伸ばす。剣を抜こうとして、舌打ちした。剣は、翼ある魔獣を倒すのには向いていない。

「こんなところに鳥系の魔獣など出たことはないのに……！」

シリルは馬車の中に逃げ込むのも忘れて、呆然と空を見上げた。魔獣が恐ろしいことは知っているし、こういう姿も、絵で見たことがあった。でも、ここまで大きいなんて思わなかった。馬車につながれた馬の、ゆうに五倍はありそうだ。足の先の鋭い爪で摑みかかられたら、人間など一瞬で串刺しになるだろう。

「下がってください！」

女性騎士の脇で、ローブ姿の女性が前に出る。魔女のようで、手を伸ばすと詠唱をはじめたが、魔獣は嘲笑《あざわら》うように大きく翼を広げた。

「そんな魔法じゃ間にあわないぞ！」

叫んだのは引き返してきたテレオスだった。弓をかまえたかと思うと矢が放たれ、膨れ上がった魔獣の胸に突き刺さる。ギャァアアッ、と耳を塞ぎたくなるような悲鳴をあげ、魔獣が翼を振った。

（！　違う！　尾があるんだ――）

巨大な鞭《むち》のようにしなる蛇の尾が、弧を描いてエルラーンの馬車を狙う。咄嗟にシリルは地面に身体を投げ出した。一瞬後、尾に打たれた馬車が粉々に弾け飛ぶ。いなないた馬が横倒しになり、シリルは振動によろめきながら立ち上がった。冷たい汗が背中を伝う。馬車のそばにいたままだったら、たぶん死んでいた。

エルラーンの魔女の魔法がようやく放たれ、光の矢になって魔獣を襲う。だが、威力は弱い。魔獣は気にせずに倒れた馬を爪で掴み上げると、蛇の口でがっちりとくわえた。

「休まず撃て！」

テレオスが命じて、ヴィロナスの騎士が矢を放つ。矢が当たるたびに魔獣は声をあげるが、致命傷にはならないようだ。魔女の再度の魔法も効果はなく、魔獣はうるさげに尻尾を振った。

「危ない！」

ヴィロナスの騎士たちを狙った尻尾を、全員がかろうじて避ける。空振りした魔獣の尾はもう一度しなって、強く岩を打ちつけた。重たい音をたてて地面が揺れ、シリルはバランスを崩して膝をついた。からからと、斜面から細かい石が落ちてくる。魔女も騎士も、皆ほとんどが衝撃に倒れ込んでいた。

魔獣は勝ち誇ったようにひしゃげた雄叫《おたけ》びをあげ、さらに崖側の地面も尾で叩くと、高く舞い上がった。

「餌が目的だったのか」

飛び去っていく魔獣にほっとしたように、女性騎士が呟いた。その語尾に、不穏な軋《きし》みが重なる。安堵しかけていたシリルはぎくりと身体を硬くした。

音は崖から聞こえる。まさか別の魔獣がひそんでいたのか、と思ったのだが、徐々に大きくなる音とともに、地面にひびが入った。

「！　崩れるぞ！」

女性騎士が慌てて、座り込んだ魔女の手を引く。ヴィロナスの騎士たちも立ち上がったが、途端、ひびがぱっくりと広がった。斜めにすべるように割れた地面の先が傾き、シリルはひゅっと胃が縮む心地がした。

「テレオス！」

割れてしまったわずかな地面に立っていたのはテレオスだった。バランスを崩した彼の姿が崖の下へと落ちていこうとする。そこに、露台が崩れ落ちる光景が重なって見えた。崩れる音。土のにおい。

身体の中で熱を持って魔力がせり上がり、考えるより早くそれを解き放った。外に向けて放出しながら、テレオスに向かって駆け寄る。シリルは目で見える範囲でしか、うまく魔力を操れないのだ。落ちていくテレオスを見つめて念じると、かすかな唸りをあげて、勢いよく蔓草が伸びていく。

（伸びろ。巻きつけ。彼を落とすな）

頭の芯がキンと痛む。蔓を追うようにシリルは崖から身を乗り出し、念じたとおりに蔓草の先がテレオスに届くのを確認した。

あと少し、とさらに魔力を放とうとしたが、無理だった。強く押さえつけられる感覚とともに、小さくなっていく。服が身体から離れて浮き、シリルはその中に残されて、なす術もなく落ちていくのを感じた。

（落ちたら、相当痛いだろうな）

崖の底は見えない。無傷ではいられないだろう、と覚悟して、シリルはぎゅっと目を閉じた。

ごつごつと飛び出た岩に何度かぶつかった気がした。最後は服の中で転がって、シリルはおしりがじんわりと痛むのを感じながら、しばらくじっとしていた。ざわめくような音は風だろうか。動物の鳴き声も、かすかに聞こえる。小さい姿で見つかったら食べられてしまうかも、とぞっとしたが、意を決して、服から這い出た。

テレオスも近くにいるはずなのだ。無事かどうか、確かめなければ。

服から出ても、あたりは暗かった。岩の崖だと思っていたが、谷底は木がしげっていて、地面にはシダなどの植物が生えている。あちこち岩が飛び出ていたが、運よく植物の上に、シリルは落ちたようだった。

見上げると、崖の中腹がえぐれたようなかたちをしているのが見えた。落ちた場所ははるかに高く、確認することはできなかった。おそらく、城の塔の高さくらいはあるだろう。あれでは上から覗き込んでも、シリルたちを見つけることはできなさそうだった。耳を澄ませても聞こえるのは風の音くらいで、人の気配はしなかった。

と、呻き声がした。どきりとして振り返ると、離れた場所でテレオスが身体を起こそうとしていた。シリルは慌ててポケットからハンカチを取り出し、それを身体に巻きつけて、テレオスのほうへ走った。

人形の大きさだと雑草をかき分けるのも大変だ。息を切らせてたどり着くと、テレオスは岩に背中を預けて目を閉じ、片足を投げ出して座っていた。騎士の服はあちこちが破れ、雨と泥とで汚れている。

「怪我は?」

そっと声をかけると、テレオスが面倒そうに目を開けた。

「見ればわかるでしょう。右足をやられました。——まあ、命は無事です」

「そうか。もうちょっと上手に、植物を操れればよかったんだけど」

怪我をしてしまったのか、としょんぼりして、シリルは投げ出されたテレオスの脚に近づいた。脛《すね》の部分の布が破れ、赤く裂けた肉が見えている。ズボンが汚れて見えるのも、半分は血だ。ひどい傷にくらっと目眩がしたが、シリルはできるだけ急いで置いてきた服を取りに戻り、引きずってくるとブラウスを裂こうとした。

「きつく縛ると止血にもなるんだよな。これで結べば……っふんッ」

渾身の力を込めても、小さいせいで破けない。ぷるぷると震えて頑張ると、見かねたテレオスがため息をついた。

「いいですよ、手当なんか」

「そういうわけにはいかない。……破かなくてもいいか。膝、上げられるか？」

「だいたい、どうして助けたんですか」

テレオスは不機嫌そうに顔をしかめていた。シリルはテレオスの傷の上にブラウスをかぶせ、なんとか端を脚の下に通そうとした。

「どうしてと言われても、落ちるのを黙って見ているわけにもいかないだろう」

さっき、落ちていく彼を見たとき、ケイシーの誕生日に崩れた露台が重なって見えた。あのときのシリルは呆然としているだけで、なにもできなかった。でも、今回は言うなれば二度目だ。助けるには動かなければならないことが、無意識のうちに刻み込まれていたのかもしれなかった。

「わかってますよ、手柄を立てたかったんでしょう？　でも、一介の騎士を助けたくらいじゃ、手柄にはなりませんよ」

皮肉っぽい笑い声をたて、テレオスは傷が痛んだのか咳き込んだ。シリルはどうにかブラウスの端を彼の脚の下に通して、できるだけきつく結んだ。声こそ出さなかったが、テレオスの身体が強張る。痛むだろうに、それでも彼は言った。

「手当してくれても、口添えなんかしませんよ。あんたに手柄なんか立てられるわけがないし、ラウニ様にはふさわしくない。一生、罰を受けているべきなんだ」

「おまえを助けたこととか、手当したことくらいで手柄になるとは僕だって思ってない。

エルラーンで頑張るからいいんだ」

傷口にブラウスを巻くのでさえ重労働で、シリルはテレオスの膝の隣に座り込んで、額の汗を拭った。動くと汗は出るが、空気は湿っていて冷たい。夜は冷え込みそうだった。

「その小さい姿で、どんな手柄を立てる気なんです？」

テレオスが馬鹿にするように鼻を鳴らした。

「どうせならあんたが怪我をすればよかったな。そうすりゃ慌てた国王が、きっと罰の魔法も解いてくれたぞ。陛下はあんたに甘いから……だからラウニ様との結婚とか、ありえないことまで認めてしまうんだ」

悔しそうな声だった。

「でも、ラウニ様との結婚だけは絶対に阻止してやる。おまえなんか、誰が祝福するもんか」

睨んで吐き捨てられても、不思議と腹が立たなかった。きっとテレオスにはテレオスの事情があるんだろう。シリルが魔法で「復讐」したときに、なにか大切なものを壊してしまったとか——あるいは。

「テレオスはもしかして、ラウニを愛しているのか？」

恋敵なのかも、と真面目に思ったのだが、テレオスはぽかんとしたあと、真っ赤になって怒鳴った。

「そんなわけないだろ！　俺はただあの人が恩人だから心の底から尊敬しているだけだ！」

「そんなに怒鳴らなくてもいいだろう。尊敬か、なるほど」

そういう関係もいいな、とシリルは思った。自分にもそういう相手がいたらな、と思って、テッドのことは尊敬できると気がついた。長年参考にしてきた植物に関する教科書は、本当によくできているのだ。

テッドにも会いたい、と思ってシリルは上を見上げた。シリルの落ちた場所と違って、ここの崖は途中がえぐれておらず、ほとんど垂直になって上まで続いていた。木の枝に遮られて、峠が見えないのは同じだ。耳を澄ませてみたが、人の気配は感じなかった。落ちてからそう時間は経っていないはずだが、エルラーンの女性たちとヴィロナスの騎士、両方とも諦めて立ち去ってしまったのかもしれない。

仮にも王子が落ちたというのに薄情だが、仕方ない。大丈夫だ、と自分を励まして、シリルは立ち上がった。

改めて周囲を見回す。岩と草、それに木。谷底だと思ったが、崖の反対側はゆるやかな傾斜が続いて森になっている。獣が出る可能性はあるので安全とは言えないが、テレオスは剣を持っている。もっとも、骨折をしているから、普段と同じように動くのは無理だ。

（……うん。やっぱり、少しでも早いほうがいいな）

シリルはテレオスに向き直った。

「僕はこれから、崖を登って助けを呼んでくる。雨が降ったから、水はなんとかなるだろう。空腹になったら、この草と、あそこに生えているあの草が食べられるから、それでしのいでくれ。できるだけ、七日以内に戻る」

小さい身体での移動がどれだけ大変かは、草地をちょっと歩いただけでもよくわかった。だが、じっと待っているよりも、自分で助けを呼びにいったほうがいい。

「なに言ってんだ、あんた」

テレオスは呆れ顔だった。

「待ってりゃ助けは来るよ、あんた一応王子なんだから。今さら、自分の手柄のために無駄な頑張りをしなくたっていい」

「手柄のためじゃない」

シリルはきゅっとハンカチを首に結んだ。もう一方の端をウエストに回して結べば、簡易な服の出来上がりだ。

「みんな僕を世間知らずな馬鹿だと思ってると思うけど、勉強はできるんだ。調べものだって得意だ。魔獣を操る獣人がエルラーンにはいるらしいが、魔女の中にも、魔獣を手なづけられる者がいるんだろう？　だったら、あの魔獣だって誰かがわざとここで待ち伏せさせたのかもしれないじゃないか」

すっとテレオスの顔色が変わった。

「あんた、あの魔獣が罠だと疑っているのか？」

「疑っているわけじゃないが、可能性はあるだろう。違っていたらいいなと思うけど……姉上が来いと言ってくれたのだって、僕のことを好きだからじゃないかもしれない。もしかしたら、何百通も手紙を送っていたからいらいらしているかも」

「いや……それはさすがに、考えすぎだろう。卑屈だぞ」

「可能性を考えているだけだ。それに、エルラーンの女性騎士が本物かもわからない。黙って待っているあいだに、魔獣じゃなくても肉食の獣が襲ってくるかもしれないだろ。この姿では、どう頑張っても怪我しているテレオスは助けられない。おまえひとりなら、僕をかばう必要がなくなる分、戦うのだって楽なはずだ。それに——」

シリルは崖に歩み寄り、岩の段差に手を伸ばした。普段なら目にもとまらないような位置でも、今は背丈と同じくらいだ。そこによじ登って、靴も作ってもらえばよかった、とちらりと思う。一番近いヴィロナスの村まで行くあいだに、足の裏が傷だらけになりそうだ。

「もしテレオスが死んだら、ラウニが悲しむ。テレオスだって、こんなところで死んで、二度とラウニに会えなかったらいやだろう？」

振り返るとテレオスが目を見ひらいた。本気で驚いている無防備な顔はいつもより若く見えて、もしかしたらラウニより年下なのかも、とシリルは思った。

「だから、僕が、助けを呼んでくる」

気合いを入れ直して、次の段差に手を伸ばした。ほぼ垂直な崖だが、小さな凹凸があるから、この大きさならかえって登りやすい。難点は時間がかかることだが、シリルは諦める気はなかった。

ぎりぎり届かない突起に向かって、ぴょんとジャンプする。ひっかかった指先に力を込めてよじ登り、休まずにまた上へと手を伸ばす。

「おい、よせ。あんたまで怪我するぞ」

「大丈夫だ。小さいせいかな、さっき落ちたときも無傷だったんだ」

そう言ってもう一段登ったが、岩でこすれて、薄いハンカチの下の皮膚がひりひりと痛んだ。上に着くころにはハンカチが破れるかも、と思うとくじけそうになり、シリルはぎゅっと歯を食いしばった。

頑張る、と決めてラウニの屋敷を出発してきたのだ。助けを呼んで、テレオスを無事に返して、シリルも人間サイズに戻ったら、仕切り直してもう一度エルラーンだ。めちゃくちゃに嫌われて魔獣を呼び寄せられたとか、ニーカもシリルを憎んでいるとか、疑ったらきりがないけれど、半分くらいは信じてもいた。魔獣は運の悪い偶然で、エルラーンの騎士はニーカを呼びに行ったのだし、ヴィロナスの騎士も、王都に戻ってラウニに助けを求めるはずだ。崖さえ登って、途中まで戻れば、きっとどこかで誰かが助けてくれる。

（崖の下でテレオスと待ってるより、一時間でも早いほうがいい）

岩を摑む。渾身の力を指先に込めて、身体を引っ張り上げるようにしてよじ登る。息を整えながら背伸びをしてまた岩を摑んで、登って。

ときどきすべり落ちそうになりながら、少し大きなくぼみにたどり着き、シリルは下を見た。座り込んだままのテレオスがじっとこちらを見守っている。不機嫌とも、不安ともつかない表情だった。大人の背丈の三倍ほどは登れたようだ。だが、上はまだまだ見えない。

日暮までに登りきれるといいけど、とシリルは赤くなった両手を広げた。何度も力を入れすぎたせいで、がくがくと震えている。身体もなんだか揺れているみたいだ、と思ってから、シリルは座った岩が小刻みに振動していることに気がついた。

ぱらぱらと小石が落ちてくる。ぞっと寒気がして、シリルは立ち上がった。地震だろうか。地震は魔獣が出る前触れのこともあると聞いた気がする。

「テレオス、隠れ――」

「シリル様！」

隠れろ、と下に向かって叫んだ声に、シリルを呼ぶ声が重なった。テレオスではない。

「シリル様！　下にいらっしゃいますか？」

はるか上から降ってくる声に、どきんと心臓が跳ねた。聞き慣れた低い声。

にいる。

「ラウニ！　ここだ！」

シリルは思いきり声を張りあげた。来てくれた、と胸が熱くなる。ラウニが、すぐ近くにいる。

だが、小さい姿のシリルの声は、ラウニの元までは届かなかったようだ。

「シリル様！　テレオス！　聞こえたら返事を！」

「ラウニ様、ここです！」

シリルのかわりに、崖下のテレオスが答えてくれた。そこだな、と頼もしい声が近づいて、ほとんど真上に来た。

「シリル様は無事か？」

「ラウニ！　僕はここにいる！」

重なった梢《こずえ》のあいまに、ちらりとラウニの頭と狼の耳が見え、シリルは何度も飛び跳ねた。大きく両手を振って、ここだ、と叫んだ途端、踵がずるりとすべった。

あ、と思ったときには、身体が空中に投げ出されていた。灰色の空と崖の端が、枝の隙間に見える。ラウニがそこから覗いている。すうっと遠ざかっていくように見える彼の顔を、シリルは呆然と見た。

落ちていく。崖の上からよりは低いとはいえ、身につけているのはハンカチ一枚で、衝撃をやわらげてくれそうにもない。今度もまた草地に落ちるとは思えずに、シリルは痛みを予感してぎゅっと目を閉じた。

骨折なんてもちろんしたことがない。どれくらい痛いんだろう……と怖かったが、すぐにふわりとあたたかいものが身体を覆ったかと思うと、わずかな衝撃が全身に伝わった。

「シリル様……よかった」

「――ラウニ？」

目を開けるとシリルはラウニの手の中で、近くには座り込んだテレオスが唖然《あぜん》としているのが見えた。崖下だ。守るように両手で包んだラウニが、ほっとしたように微笑んだ。

「ハンカチ、持っていていただいてよかったです」

「……これは、うっかり魔法を使ったんじゃないぞ」

こんなときだというのに落ち着いて見えるラウニに、なんだか気恥ずかしくなって、シリルは座り直した。

「なんですぐ来てくれたんだ？　僕、落ちそうになってたのに、どうやって助けた？」

聞いた途端、ラウニの目が大きく見ひらかれた。

「シリル様、怪我してますね？　大変だ、急いで治療しないと！」

「怪我はしてない」

「してるじゃないですか！　そんなに両手が真っ赤になって……ああ！　身体にも！　玉の肌に擦り傷が！」

「――あの、ラウニ様」

遠慮がちに、テレオスが割り込んだ。右足をかばって立ち上がった彼が、上を指さす。

「呼んでます。エイブラム殿下では?」

「……そうだった」

思い出したようにラウニはまばたきし、上を向いた。

「エイブラム様、全員無事です。お願いできますか?」

「二人と、小さいシリルだな。任せろ」

エイブラムの声が聞こえ、シリルは周囲を風が包むのを感じた。ラウニの身体が浮き上がるのが、手の上のシリルにも感じられ、テレオスが「うわっ」と動揺する。

「安心しろ、エイブラム様の風魔法だ」

ラウニが説明するほんの数秒のあいだに、シリルたちは崖下から吹き上げられて、ふんわりと峠に着地した。馬が二頭、おとなしく待機している前で、両手をかざして集中していたエイブラムが、大きくため息をつく。

「やはり声だけを頼りに魔法を使うのは難しいな。緊張した」

「……すごいです、兄上。僕なら目が届く範囲でしか魔法が使えないのに」

魔力の制御が巧みなのは知っていたけれど、これほどまでとは思わなかった。エイブラムはシリルを見つめると、照れくさそうな笑みを見せた。

「正直ちょっと心配だったが、うまくいってよかった。まさかラウニが駆け下りていくとは思わなかったから驚いたが、声が聞きやすいから助かったよ」

「え……駆け下りた？」

あの崖を？　とシリルは思わず顔を上げた。ラウニは当然のことのように頷く。

「だって、シリル様が足を踏み外したでしょう。危ないですから」

「いや、でも、おまえだって危ないだろう」

「お忘れですか？　俺は獣人ですよ。この程度の崖なら下りられます。間に合うかどうかだけが心配でしたが、追いついてよかった」

優しい目をして、ラウニはシリルの頭を撫でてくる。エイブラムはテレオスに肩を貸しながら、呆れたように半眼になった。

「シリルが落ちなくても、おまえはどうせ下りるつもりだっただろう。まったくおまえというやつは、シリルのことになると過保護すぎるぞ」

「過保護ではなく、万全を期したいだけです」

ラウニはシリルを乗せた手を引いてエイブラムから隠すようにした。そのまま、胸ポケットへとシリルを入れる。テレオスが思い出したように首をかしげた。

「ほかの騎士たちは？　彼らが知らせてくれたにしても、お二人の到着はずいぶん早かったですよね」

「騎士たちなら、途中で会ったから、万が一に備えて近くの村まで、援軍を整えに行ってもらった」

「途中？」

「実は、ラウニがどうしてもシリルを見守ると言ってきかなくて、半日分ほど距離をあけて、こっそりついてきていたんだ」

説明するエイブラムは、なんともいえない表情だった。

「シリルが縮んでしまったときのためだと言い張ってな。魔法をかけた魔女を脅し……いや、説得して、シリルが魔法を使ったらわかる装置を持って尾行していた」

「尾行って……」

ポケットの中で、シリルは呆然と呟いた。

「――おまえがついてきてたら、僕が手柄を立てようと頑張った意味がないじゃないか」

「意味はあったと思いますよ」

ラウニは全然悪びれていない。シリルは込み上げる悔しさに、じろりとラウニを睨んだ。

「意味ないだろ！　まだなにもできてないんだ。せっかくおまえにつりあうようになろうと思ったのに……兄上が言うとおり、ラウニは過保護だ。僕がみんなを説得しなければ意味がないって、おまえが言ったのに」

「でも、シリル様はもう頑張ってくださいましたから」

「頑張ってない」

　テレオスを助けようと魔法を使ったり、崖を登ったりしたくらいでは、頑張ったうちに入らないだろう。もっと国中の人が、ラウニにならシリルが一番お似合いだ、と思うようなことじゃないと。

わかってくれると思ってたのに、と思うと、悔しさと悲しさで泣きたくなった。

「……おまえのことが好きだから、なんでもできると思ってたのに、魔法は下手だし、人より上手なこともないし、結局助けてもらうだけなんて……」

だんだんと声がしぼむ。うなだれたシリルの頭を、ラウニは指先で撫でてくれた。

「ありがとうございます、シリル様。やっと言ってくれましたね」

「……？　礼を言ってもらうようなことはしてないぞ」

ラウニは妙に幸せそうだった。ゆったりと尻尾を揺らし、甘いくらいの眼差しで見つめてくる。

「俺にとっては十分なんです」

「……過保護なだけじゃなくて、甘すぎるんじゃないか？」

「全然まったく、そんなことはありません。万が一に備えてついてきたおかげで、こうしてすぐに助けることもできたんです。もっとも、きちんと同行していれば、魔獣が出ても危険な目にあわせずにすんだのですが」

「同行できるわけないだろう」

エイブラムがため息をつく。

「狼獣人がどれだけエルラーンで嫌われているか、知っているだろうに。ただでさえエルラーンの王家は警戒心が強いんだ。だからシリルのことだって、この峠であちらの騎士に引き渡すことになっていた」

「魔獣一匹、まともに追い返せないような騎士を迎えによこすなど、抗議してもいいと思います」

すっとラウニの声が低くなる。エイブラムが宥めるように呼んだ。

「ラウニ。魔獣が出たのは向こうも想定外のようだったと、騎士たちも言っていただろ」

「そのエルラーンの女性たちは、もう帰ってしまったんですか？」

シリルとしては、彼女たちのことも心配だった。せっかく迎えに来てくれたのにこんなことになって、ニーカも心配するだろう――たぶん。

「うちの騎士たちが、エルラーン王家のほうにことの次第を伝えるようにと頼んだんだ。皆しっかりしていて、適切な判断だ。シリルのことは心配していたそうだぞ。おまえが無事だった知らせは早めに送らなくてはな」

では、ニーカに嫌われて呼ばれたわけではないのだろう。

「ラウニ様、申し訳ありませんでした」

摑まっていたエイブラムの肩から手を離し、テレオスが頭を下げる。

「シリル様まで崖の下に落ちたのは、彼が俺を助けてくれようとしたからです。本当は、落ちるのは俺だけのはずだった」

「ああ。それも、騎士たちから聞いた」

ラウニは厳しかった表情をゆるめると、ポケットの上からシリルを抱きしめるように手を添えてくる。

「シリル様らしいです。こんなにあちこち擦りむいて、痛かったでしょう？」

「僕のは、怪我というほどじゃない。兄上みたいに上手じゃないせいで、結局テレオスが怪我をしてしまったから、せめて少しでも早く助けを呼ぼうと思って、上に登る途中でちょっと赤くなっただけだ」

シリルはラウニと、エイブラム、テレオスを順に見つめた。

「――テレオスは、かっこよかったんだぞ。騎士たちに命令を出して、魔獣とも勇敢に戦ってくれた」

「彼がお役に立ったならよかったです」

「おまえは危険があるかもと考えて備えてくれていたし、兄上の魔法は本当にすごい。――なのに僕は、手柄を立てられそうもないな。エルラーンに行くにしても、すぐというわけにはいかなそうだし」

「そうですね。しばらくはエルラーンには行けないと思いますが」

馬の手綱を掴み、ラウニは身軽く跨《また》がった。

「さきほども言いましたが、手柄はもう、必要ないと思いますよ」

「必要なくない。認めてもらわなきゃならないだろ」

「一番の難関は認めてくれそうです」

「——一番の難関？」

なんのことかわからなくて首をひねると、先にテレオスを馬に乗せていたエイブラムが盛大に咳払いした。

「とりあえず、戻ろう。雨もまた降りそうだし、シリルの手当もするんだろう？」

「そうですね、急ぎましょう」

ラウニは馬の首を巡らせ、それからシリルを見つめて、愛おしそうに狼耳を後ろに倒した。

「城に戻ったら魔女に魔法を解いてもらえるはずです。お疲れでしょうから、眠っていていいですよ。——本当に、よく頑張ってくださいました。さすがは、俺の愛するシリル様です」

なにもできてない、と言い張るつもりだったのに、丁寧な声に「愛するシリル」と言われると、じわりと背骨があたたかくなった。ゆっくりと手足までぬくもりが巡り、力が抜けていく。ずっと全身が緊張していたのだ、と気づくとあちこちの関節が軋みを上げて、シリルはくたんと座り込んだ。

——怖かった。

魔獣も、落ちたことも、怪我をさせてしまったことも、崖を登るのも全部怖かった。もう一度やれと言われても、たぶんできない。

そういえば屋敷を出てから、あんまり眠れていないんだった……と思いながら、シリルは走り出した馬のリズムに揺られて、眠りに落ちていった。

シリル以外の人が入ることがほとんどない、城の塔の私室には、何人もが集まっていた。王とエイブラム、ラウニ、医者、そして魔女だ。ベッドに横たえられた小さなシリルの上に魔女は手をかざし、詠唱をはじめた。

声が紡がれるにつれてゆっくりと魔力が流れていくのが感じられる。ほどなく人間サイズに戻ると、医者が傷を調べて、あちこちに包帯を巻いてくれた。

「よかったねえ、シリル。おまえのことは心配ばかりしていたが、これでやっと安心できそうだ」

王はなぜだか涙ぐんでいて、崖から落ちたせいでよほど不安にさせたのだな、と申し訳なくなった。

「大丈夫です、父上。怪我はほんのかすり傷ですから」

「うん、それもよかった。早く治るように、明日は治癒魔法をかけてもらおう。今は罰の魔法を解いたばかりだから、負担があるといけない。——ラウニも、負担をかけないでくれるね？」

「もちろんです」

背筋をのばし、ラウニはかしこまって答えた。なんでラウニに念を押すのだろう、とシリルは首をかしげたが、王はそのまま部屋を出ていった。魔女と医者も出ていき、残ったエイブラムがラウニの肩を叩く。

「この耳で聞いたから許すが、約束は破るなよ」

「わかっております」

耳までぴしりと立てて、ラウニが真剣に頷く。エイブラムはシリルを振り返ると、ちょっとだけ寂しそうな笑みを見せた。

「おめでとう、シリル。おまえが幸せになれるなら、これ以上のことはない」

「？　はい、ありがとうございます」

全然話がつながっている気がしなかった。できればもう一度エルラーンに行く相談がしたかったのに、と思ったが、エイブラムも出ていく。

ラウニが、ベッドのそばに膝をついた。

「よくわかってらっしゃらない顔なので、説明させてください」

「頼む。手柄はもう立てなくていいと言っていた理由も、全部だぞ。……まさか、ラウニは僕と結婚しなくてもいいと思ってるわけじゃないよな？」

「もちろん、結婚したいです」

ふわりと、それは幸せそうにラウニの目が細まった。耳が綺麗に後ろに倒れて、指先が優しくシリルの頰を撫でてくれる。

「俺がシリル様を見守ってきたことは、エイブラム様もご存じだった話はしましたよね？当時はまだシリル様を恋人にしたいとか結婚したいと思っていたわけではなく、純粋にお守りしたいという気持ちでしたから、正直にエイブラム様にはそう伝え、殿下もとても喜んでくれました。自分はシリルに嫌われてしまっているから、おまえのような男が親身になってくれるとはありがたい、と」

「――うん」

エイブラムにも悲しい思いをさせていたのだ、とシリルは思い当たって、申し訳ない気持ちになった。よかれと思って世話を焼いて弟に嫌われたら、つらいに決まっている。

「あとで兄上にも謝らないと」

「シリル様が謝ったら、エイブラム様は感激して泣きますよ、きっと。エイブラム様はブラコ……、いえ、弟思いな方ですから」

ラウニは今度は頭を撫でてくれた。

「なんだかんだいって、シリル様のことが可愛いんです、あの方は。それがわかっていたので、俺がシリル様を愛してしまったとき、これは難しいな、と思ったんです。普通に求婚したのでは、シリル様に受け入れてもらえないのはもちろん、エイブラム様もお許しにならないだろうな、と。だからこそ、時間をかけようと思っていたのですが、ケイシー王子の一件で長期戦をやめるにあたり、陛下やエイブラム様の信頼を損ねず、かつ、シリル様のおそばにいられるようにしなければ、と考えました」

「……考えた挙句に、結婚したいと言ったのか？」

「どうせ信じてもらえないなら、本当のことを言ったほうがいいでしょう。そうすれば、ラウニは最初から誠実だったと思ってもらえます。実際にやることは実力行使ですから、せめて誠意は見せないと」

「実力行使……」

「まずは冗談でもいいから、シリル様が俺の屋敷で暮らすようにして、一緒に過ごすことで、シリル様に俺を信用していただき、愛されることを受け入れてもらおうと考えていました。先に既成事実を作ってしまえば、陛下とエイブラム様はシリル様に甘いので、シリル様が愛しあう者と幸せなら受け入れよう、と思ってくださいますから」

シリルは意外な思いでラウニの顔を見つめた。高潔で忠誠心に溢れた英雄、というのは間違いではないのだが、思ったよりも策士なのかもしれない。

「もちろん、礼節は守るつもりでした。特にエイブラム様は家族思いですから、陛下が姫のうちどちらかを俺に嫁がせるつもりだと知ったときに、釘をさされていたんです。うちの妹たちと結婚するのであれば、条件がひとつある、と。それは彼女たちがちゃんと俺を愛するということでした。女性の側が喜んで受け入れない限り自分は結婚に反対するし、宝物のように大事にしてくれなければ困るし、結婚前に身体をつなげるような真似は決して許さん、と言われまして」

シリルは、はじめのころラウニが股間には触れようとしなかったことを思い出した。だからか、と呟くと、ラウニが「ただ……」と言葉を濁した。

「副作用があんなかたちで出るとは想像していなくて……乳搾りをしてしまいました。副作用だから仕方ないと言い訳をしてやりましたが、本来であれば、ああいうことも婚前には褒められた行為ではないです」

ほんのり恥ずかしげなラウニの表情につられて、シリルも赤くなった。同時に、胸が腫れぼったくなっていることに気づく。長い時間小さくなっていたから、乳もたっぷりたまっているのだ。

「あれは……しょうがなかったんだから、兄上だって怒らないと思う」

「ですが、シリル様がだんだん俺になついてくださったのが嬉しくて、下半身にも触れたくなったのは言い訳ができません。正直に言えば、これだけ態度で好意を示してくださっているんだから、抱いてもいいんじゃないか、と魔が差す瞬間もありました。危なかったです……なにしろシリル様は、小さくなっても裸になっても、全部可愛らしいので」

真顔で言い放たれて、シリルは顔から火が出そうになった。

「も、もういい。そんなに褒めるな」

「毎日褒め称えたいくらいだったんです。それくらい浮かれていましたが、カフェで好きだとお伝えしたことがテレオスからエイブラム様の耳に入ってしまって、エイブラム様が気づいてしまったんです。あの結婚というのは本当に本気で、彼が考えていたような、騎士として王子の面倒を見たいという意味じゃなかったのかも、と。市場で、会ったでしょう？」

「……あのときの兄上、複雑そうな顔だったな」

「あのあと二人でお会いして、改めて言われました。反対はしないが、自分としては、おまえにもシリルにも、もっとふさわしい相手がいると思う、と」

感謝祭のときにテレオスに言われたのとは、ずいぶん意味合いが違って聞こえた。

「兄上は、僕がラウニにはつりあわないって言ったわけじゃなかったんだな」

「当然です。エイブラム様はちゃんとシリル様のよさをご存じですから。それでもどうしてもシリルがいいと言うなら、条件は妹たちのときと同じだと言われました。シリル様がちゃんと俺を愛すること、それを確かめるまでは、決して手出しはしないことです」

「あ――だから、か」

ようやく、納得がいった。シリルがセックスしてもいい、と言ったのにラウニが拒んだのは、兄との取り決めのせいだったのだ。

「それから、外堀を埋めて逃げられなくしたり、口先で丸め込んでシリルをいいように操ることも、絶対にするなと言われました。シリル様はちょろ……いえ、素直すぎて、言われたことはなんでも信じてしまうところがおありですから」

「今ちょろいって言おうとしたな」

おまえときどき口が悪いぞ、とシリルはラウニを睨んだが、ラウニは首を横に振った。

「ちょろいどころか、手強かったです。あんなに態度には出るのに、一度もはっきりと好きとは言ってくださらなかったでしょう?」

少しだけ恨めしそうに、ラウニが見てくる。それでも手つきはやわらかく髪を梳《す》いた。

「たった一言でいいのに、手柄を立てるとか言い出して――でも、それも俺との結婚を認められたいからだと思うと、あのままさらっていきたいくらい愛しかったです。言葉にしないだけで、俺も愛してくださっているんだとわかりました」

「だ……だって、好きだと言ってないなんて意識してなかったし……おまえだって、エルラーンに行くのはいいことだって言ってただろ」

「それは、シリル様がニーカ様に嫌われているかもと落ち込んでいたから、直接会って、姉弟の絆《きずな》を確かめるのもいいと思ったんです。ニーカ様はエルラーンのしきたりに従っているだけで、シリル様を嫌っているわけじゃないはずだ、と思っていましたから」

「エルラーンのしきたり？」

「ヴィロナスで生まれてエルラーンに戻った姫は、ヴィロナスの者と親しくしてはいけない、と言われています。大切な人材がヴィロナスに逃げ帰っては困るからでしょう」

「――知らなかった」

僕は本当に無知だ、とシリルは天井を見上げた。勉強をしてきたつもりでも、知らないことはたくさんある。

「じゃあ、今回初めて返事をくれたの……怒られなかったのかな」

「許しは得ていたようですよ。あまりに可哀想だから、弟に一度会いたいと女王に頼んだのではないでしょうか。陛下があちらとやりとりして、シリル様の訪問は正式に認められたのですから」

「じゃあ、姉上、今ごろがっかりしてるかな」

「されているかもしれませんね。でも、次の手紙で俺と結婚すると伝えたら、喜んでくださるんじゃないでしょうか」

「最初は驚くと思うぞ。姉上だって、獣人は好きじゃないんだ。――ていうか、さらっと言ったな。結婚するって」

「します。結婚、してくださるでしょう？」

ぐっとラウニの顔が近づいた。黒色の瞳が間近できらめき、普段よりも低くなった声が囁く。

「国境の峠で、好き、と言ってくれましたよね」

言ったっけ、と思い返して、さあっと身体が熱くなった。言った。ほとんど意識せずに、当然のこととして。

「もう一度、言ってくださいますか？」

「……っ、で、でも、ほら――後継のこととかも、あるじゃないか」

「後継なら、妹ももうすぐ結婚しますし、従兄弟《いとこ》たちもいます。ディエーリガ家を継ぐ者は、なにも俺の子供である必要はない」

ほとんどシリルの上にかぶさるようにして、ラウニがそっと胸の上に手を置いた。喘ぎが漏れそうになって、シリルは小さく身をよじった。

「兄上が認めてくれても、街の人が認めてくれるかわからないし……」

「街の人の許しなどいりませんよ。シリル様さえ、俺を好きでいてくれれば」

「だめだ。ラウニも言っただろう。僕が認められないとって」

「あれは、シリル様がご自身で、好きという気持ちを認められないとならない、という意味です。そうじゃないとエイブラム様が許してくれないので」

「そ――そういう意味だったのか？」

じゃあ僕の努力は？　と思って、シリルは啞然としてしまった。もしかして――考えたくないが、手柄を立てたいというのは無駄なことだったのか。

「俺は嬉しかったですよ。手柄を立ててまで俺と結婚したいのか、と。それに、おかげでテレオスも、シリル様への認識が変わったようです」

「……ほんとか？」

峠から城まで戻る途中の村に、テレオスは治療のためにとどまっている。

「別れ際に言っていました。思っていたよりも頭がいいし、努力家なのはわかった、と」

ぱっと、自分でも驚くくらい嬉しさが湧いてくる。よかった、と呟くと、ラウニも微笑した。

「テレオスもわかってくれたのですから、愛しあってさえいれば、いずれシリル様のよさが皆にも知れ渡るでしょう。でも、大勢に好かれるようになっても、なんとなく嫌いだという人はどうせ残ります。俺のことやエイブラム様のことだって嫌いなやつはいますから、全員に愛される必要はないでしょう？　シリル様はただ、俺だけ、好きでいてくださればいい」

する、と手が胸から首へ撫で上げる。顎に指がかかって、シリルは無意識にこくんと喉を鳴らした。

「言ってくださいますか、シリル様。俺が好きで、結婚する、と」

「僕は、」

胸が痛かった。乳のせいで張っているから、だけでなく、もっと奥が、心臓が——熱いみたいに痛む。ラウニに出会ってから過ぎた時間はけっして長くはないのに、なんだかものすごく、遠回りしたような気がした。

でも、きっと必要だったのだろう。意識して、言葉にできるほど確信するために。

「——僕は、ラウニが好きだ」

冷たそうな黒色の目も、尖って大きな狼の耳も。逞《たくま》しくて頑強な身体からいいにおいがするのも、誰より優しいところも、なんでもできてしまうのも、たぶん変態なところも。

「好き、だから——ずっと、一緒にいたい。だから」

「だから？」

続きがあるとは思わなかったのか、ラウニの耳がちょっと動いた。シリルはまっすぐに彼の瞳を見返した。

「次から誰かになにか言われたら、ちゃんと言え。自分はシリル様の夫です、愛しあってますって。感謝祭のとき、みんなの前でおまえが言わなかったから……けっこう、寂しかったんだ」

「シリル様」

耐えきれなくなったように、ラウニが抱きしめてくる。半ば抱き上げられるような格好で、シリルも彼の背中に手を回した。力強い腕が心地よかった。

「愛しています、シリル様」

「うん」

「なるべく早く、結婚の儀式をしましょう。いっそ今夜でもいいくらいですが」

「それはだめだろ……準備とかあるし」

「でも、本当なら今すぐ愛しあって、あなたを誰にも渡さなくてすむように、既成事実を作りたいくらいなんです」

呻くようにそう言って、ラウニは腕をゆるめた。シリルの顔を見つめたかと思うと、手を握って口元へ持っていく。

「約束は破れませんが、これから乳だけ搾りますが」

「う……、」

ぱつぱつに腫れた胸が恨めしい。搾ってもらったらまた股間も大変なことになるに違いなく、それでもそこには、触れてもらえないのだ。しんどいし寂しい、と思って目が潤む。

ラウニは握ったシリルの指を、愛おしむように撫でた。

「次にシリル様に触れるときには、満足してくださるまで抱きます」

ちゅ、と唇が指先に触れる。怖いほど強い眼差しが、上目遣いにシリルを見つめた。

「先に、誓いのキスだけしてもかまいませんか？」

「……い、今、した」

「いいえ、ここです」

囁くなり、ラウニが口づけてくる。唇を塞いでしっかりと抱きすくめられ、シリルは目を閉じた。あたたかくて乾いたラウニの唇は、触れあっているとしっとりとして、角度を変えてあわせられれば、真ん中の濡れた感触にぞくぞくする。唇だけでなく、鼻も触れあって、吐息やわずかな動きも伝わってきた。

初めての、唇同士のキスだ。それは想像よりも気持ちよくて幸せな心地で、シリルは甘やかな気分で力を抜き、何度も重ね直される唇を受けとめた。


ステンドグラスを通した陽の光が、教会内部の空気を厳かに彩っている。シリルは緊張しきって、横に立つラウニの横顔を盗み見た。

シリルは白の、ラウニは黒の婚礼衣装だ。意匠は同じなのに、ラウニが着ると大人びて洗練された雰囲気だった。唇を引き結んだ横顔は落ち着いていて、やっぱりかっこいいなあ、とシリルは思う。

「シリル様。見惚れてくださるのは嬉しいですが、後ろの皆さんが見てますよ」

祭壇をまっすぐに見たまま、ラウニが小声で言った。わかってる、と同じく小声で返して、シリルも前を向いて姿勢を正した。ちょうど神官たちが祭壇へと出てきたところだった。

城の内部にある教会には、王族のほか、ラウニの家族、魔女たちが揃っている。同じ魔力を持つ者として、王族の婚礼には魔女も参加するのが慣《なら》わしなのだった。

神官たちが声をあわせて、古い言葉で祈りの言葉を唱えはじめる。シリルにはわからないが、二人の婚姻を神に伝える内容なのだそうだ。祈りが終わると聖酒が手渡され、ラウニと半分ずつ口にする。火、水、光、土、風の魔法の使い手がそれぞれ小さな魔法を起こして祝福の言葉を述べると、婚礼の儀式は終わりだった。

神聖な儀式だから、祈り以外は、誰も言葉を発さない。シリルはラウニと手を取りあい、見守る人々のあいだを抜けて、教会の外へと出た。

さっと真夏の風が吹きつけてくる。神秘的な暗さだった教会から明るい場所に出ると目がちかちかして、何度もまばたきすると、ラウニがすかさず覗き込んだ。

「大丈夫ですか？」

「明るいのに目が慣れないだけだ、なんでもない」

心配性なのは結婚式という特別な日でも相変わらずだ。シリルはくすっと笑ってしまい、それでようやく、緊張がほどけた。

「やはり儀式は緊張するな。そのわりに、あんまり結婚したという実感は湧かないが」

「実感が湧かないとか言わないでください。これから夫夫《ふうふ》として挨拶の塔の露台に出て、街の人たちからも祝福を受けるんですよ」

凜々しく精悍な顔なのに、ラウニはしょんぼりしたように耳を下げた。わかってる、と言ってシリルはラウニの手を引っ張るようにして、挨拶の塔へと向かった。

春には復讐のために壊したあの露台だ。季節がひとつ移ろっただけで、自分が同じ場所で結婚のお披露目をすることになるとは、人生って不思議なものだとシリルは思う。

急な螺旋《らせん》階段を上がった先、綺麗に修復された露台へ出ると、それだけで歓声がシリルを押し包んだ。

思わず足をとめ、シリルは大きく目を見ひらいた。

「すごい……こんなに集まってくれたのか」

挨拶の塔の前の広場は大勢が集まるのに十分な大きさなのに、それでも入りきらないようで、向こうの道まで人々が埋め尽くしているのが見えた。どの人の顔も輝いている。まだ自分を嫌いな人も多いだろう、と思っていたシリルには、嬉しい驚きだった。

「さすがは救国の英雄だな。みんな、あんなにおまえの結婚を喜んでる」

振り返ると、ラウニが珍しく、尻尾を大きく揺らした。

「違いますよ。シリル様の結婚を祝福しているんです」

いやおまえのだろう、と返そうとしたが、広場から大声が響いた。

「シリル王子、ご結婚おめでとうございます！」

「末長くお幸せに、シリル様、ラウニ様！」

「ラウニ様、おめでとうございます！」

じぃん、と身体が熱くなった。自分の名前も、みんなが口にしてくれるなんて——この国の民は、なんて優しいのだろう。

祝福の声を盛り上げるように、ぽんぽんと魔法花火が上がる。青い鳥が集まって歌うように鳴き、優しい風が優しく過ぎていく。城壁からは水が霧になって噴き上がり、美しい虹がかかった。

「綺麗ですね、シリル様」

「——うん」

嬉しくて胸が痛くて、シリルは頷くことしかできなかった。ラウニがそっと腰を抱いてくれ、露台の端へと促される。広場を見渡し、シリルは慣れない動きで手を振った。

それだけで、わぁあ、と嬉しそうな声が大きくなる。

(好かれるって——嫌われないっていいものだな)

感激のあまり涙が滲みそうになってきて、シリルは大きく息を吸った。両手を広げて目を閉じて、静かに念じる。まぶたの裏に思い浮かべたのは、城壁いっぱいに咲く花だ。するすると伸びた蔓薔薇が見る間に花をつけ、はらはらと花びらをこぼした。

花びらは風に乗って、甘い香りをふりまきながら人々の上に降り注ぐ。喜んで花びらに手を伸ばす人たちを見つめながら、シリルはそっとラウニに頭をもたせかけた。

「こうして祝ってもらっていると、集まった人のほとんどは魔女じゃないはずなのに、魔法をかけられたみたいな気がするな。ずっと幸せでいられる魔法なんだ」

「祝いの言葉ですから、そういう力もあるかもしれませんよ」

ラウニが優しく声を低めて、頭にキスしてくれた。

「ですが、あまり可愛らしいことを言われると、早く屋敷に連れ帰りたくなってしまいます」

「——なんだそれ」

ぷ、とむくれたが、じっと見つめてくるラウニの目は熱っぽくなっていて、シリルはそわそわと落ち着かなくなってしまった。エルラーン行きを中断し、城に戻ってからひと月。結婚の儀式までは触れません、とラウニが宣言していたから、こうした軽いキスも久しぶりなのだ。意識すると口づけられた頭が熱く感じられ、シリルは無意識に唇に触れた。

ここに、キスしてもらいたい。まだ一度しかしたことがないけれど、唇と唇のキスは、それは幸せな心地がするのだ。

「も……もう、いいかな。もうちょっとみんなに、手を振ったほうがいいかな」

「祝福の魔法も終わってますから、あと一回手を振ればいいんじゃないですか」

ラウニの低い声も落ち着かなげだった。どちらからともなく手をつなぎ、つないでないほうで皆に手を振った。

やまない歓声を受けながら露台を離れる。塔を降りれば花を飾った馬車が待ち受けていた。馬は真っ白で、これに乗ってラウニの屋敷まで向かうのだ。

乗り込んで城門を出ると、また人々の歓声が聞こえた。シリルは窓から手を振りかけて、胸の痛みに背を丸めた。

「シリル様？」

「……なんでだろう。胸が、痛い」

ぱつんと張りつめたような、覚えのある痛みだった。乳汁が出てしまうときの、あの腫れぼったい痛み。

魔法はもう解けたのだから、副作用のはずはない。だが、ラウニが顔を近づけてにおいを嗅ぐと、めちゃくちゃ真顔になった。

「ミルクのにおいがしますね」

「そんなはずない……、う」

婚礼衣装の上から手を当てると、中に着たブラウスが濡れている。嘘だ、と呟いてボタンを外し、襟元から覗くと、つんと尖った乳首からは、白いものが滲んでいた。

「出てますね。後遺症じゃないでしょうか」

「みっ、見るな！　後遺症なんて聞いたことないぞ」

あとで魔女を呼んでもらわなきゃ、とシリルは涙目になった。ようやくこの体質ともおさらばできると思っていたのに、なんでまだ出てしまうのか。

「余ったエネルギーが出るんじゃなかったのか……？」

キスしてほしかったのに、と思うとやるせない。挨拶の塔を急いで出てきたのは、乳搾りのためじゃなくて、ラウニと愛しあうためだったのに。

「理由はわかりませんが、対処法はあるから大丈夫です」

ラウニは真剣な表情のまま、御者に速度を上げるように指示を出した。座り直すと咳払いする。

「早く楽にして差し上げたいですが、今ここで搾りはじめると、屋敷に着いても馬車を降りられない可能性があるので、ちょっとだけ、我慢してもらえますか」

「それは……僕だってこんなとこで搾られるのはいやだが」

「我慢していただいた分、誠心誠意、搾らせていただきます」

「――なんかおまえ、嬉しそうじゃないか？」

耳がぴるぴると動いているし、尻尾の先は小刻みに揺れている。「そんなことはありません」と信用のならない生真面目さで言い放ち、ラウニはシリルの手を握った。

「すぐに乳搾りできないかわり」

「……かわり？」

「キスだけ先に、失礼します」

言うなり唇を塞がれて、シリルは大きく目を見ひらいた。馬車の中ではキスも不適切だ、と思ったが、やんわり吸われればあっというまに頭がぼうっとして、身体から力が抜けていく。

やっぱり、キスはとても嬉しい。

つられるように胸の張りが増した気がしたが、キスはやめてほしくなくて、シリルはおずおずとラウニの首筋に腕を回した。

「待っ……、ぁ、……っ、ん、んっ」

最後の下着を剝《は》ぎ取られ、シリルは身をくねらせた。キスされるのは、もう何回目かわからなくなってしまった。

馬車に乗っているあいだはずっとキスされていて、屋敷に着いたときにはシリルは胸が張るだけでなく、股間もすっかり反応していた。うまく歩けないシリルをラウニが抱っこして部屋まで運んでくれたのだが、いつのまにか婚礼衣装のボタンはほとんど外されていて、ドアからベッドまでの短い距離で、あっというまに脱がされたのだった。

「ラウニ……待って」

何度もキスしてこようとするラウニを、なんとか押しとどめる。

「その、僕は、一応こういうときのことについて勉強はしたが、実はあまり手順とか、知らないんだ。だから……」

間違ってしまうかもしれない、と口ごもると、ラウニの顔がひどく優しくゆるんだ。

「俺に任せてくださって大丈夫ですよ。愛しあうのですから、知識も大切ですが、なにより気持ちが大切です。結婚しても、いざするとなると躊躇うこともあるでしょうし——俺と愛しあってもいいと、思ってくださってますか?」

「……うん。ラウニと、なら」

ぱっと赤くなって、シリルはラウニに抱きついた。

脱がされた服は、床に散らばっている。それくらい待ちきれなかったのに、ちゃんと

「愛しあってもいいか」と聞いてくれる優しさを思うときゅぅんと胸が疼き、甘酸っぱい気持ちが湧いてくる。

ラウニに好きだと思われるのは、すごく誇らしくて幸せだ。

でも。

「あ……っ、搾る前に、ラウニ、も……脱いで、っは、んッ」

セックスなのだから、二人とも裸でするはずだ。ラウニも服を脱いでほしいのに、きっちり婚礼衣装に身を包んだ彼は、真顔で首を横に振った。

「シリル様を楽にするのが先です。ちょっと搾っただけでこんなに出るんですよ」

シリルの胸は、出したばかりの乳で濡れていた。じんじんと痺れる両方の乳首を、ラウニは指の関節を使って搾ってくる。

「――ッ、は、……っぁ……ッ」

噴き出す感覚と広がる快感に、背中が反り返る。わずかな痛みをともなう快感は、衝撃がすぎるとねっとりした熱になって、おなかが重たくなるような感じがした。

(前……、こんな感じだったっけ……)

久しぶりに搾られたせいか、同じはずの快感なのに、違って感じられる。

はあはあと喘ぐと、ラウニがゆっくりと手を離した。

「お乳の量が多くなったみたいです。理屈はわかりませんが、先ほどの魔法を見るかぎり、シリル様の魔力は強まっているようですし、それと関係しているかもしれませんね」

「魔力、強くなったか……？」

それは嬉しい、と喜びかけ、シリルは胸がつかえる感覚に呻いた。

「嬉しいけど……っ、魔法を使ったら魔力も一時的には減るはずだろ……、なんで、乳汁が、……あっ、ば、ばか！」

つい罵倒してしまったのは、ラウニが乳首に吸いついてきたからだ。唇をすぼめて刺激され、冷たいような熱いような、濡れた感触に一気に快感が弾ける。

「——ッ、ア、……ぁ、……っ！」

じゅっと音をたてて乳首の奥から吸い出され、むず痒い痛みが響く。二度、三度と続けざまに吸われると、頭がぼうっと霞んだ。

「は……っふ、……ぅっ」

「気持ちよかったんですね」

顔を上げたラウニが、愛おしげに指の背で頬を撫でてくる。

「シリル様の気持ちいい顔が見られて嬉しいです。気に入ったなら、これからはこうやって吸うことにしましょう」

「や……、だ……、こんなの……」

あまりにも気持ちよすぎて、おかしくなりそうだ。あと、変態っぽい。首を振ったのに、ラウニは幸せそうに微笑した。

「せっかく夫夫になったので、この愛し方が最適です。慣れたら、吸われるの好きって言えると思いますよ」

「ふうふは胸なんか吸わな、……っあ、あッ、あ……っ」

お乳を吸うのは子供だろう、と思ったのに、もう一度吸いつかれると文句も出なくなる。あう、と高い声が喉をつき、吸われていないほうの胸を揉まれると頭が真っ白になった。全身を貫く甘く痛い快楽にひくひくと腰をうごめかせると、ラウニが息をつめた。

「達《い》きましたね」

「え……?」

ぼうっとしたまままばたきし、股間に手を這わされて「んっ」と悶《もだ》える。射精した自覚はなかったのに、力を失ったそこはべとべとになっていた。

「腰をすりつけてくださったので、俺の服にかかりました」

ラウニは身体を半分起こして、黒の婚礼服の腰あたりを見せてくる。半透明のどろりとしたものがついていて、シリルは慌てて目を逸らした。

「お、おまえが脱がないから……っ、あと吸うから……っ」

「可愛かったです」

うっとりした目つきで、ラウニは見下ろしてくる。

「お乳、まだ出そうですが、あとできっちり搾りますから、先にほかのところも愛していいですか?」

服に射精されて嬉しそうなのは変態にもほどがある——と思うのに、愛情溢れる眼差しに見つめられると、条件反射のようにきゅんとした。やっぱり顔がいい。それに、低くて張りのある声は普段よりもさらに深みがあって、聞いているととろけそうだった。

シリルへの愛情が滲む声だ。

「初めてシリル様のお乳を搾ったときから、こんなふうに……」

「……ッ、あ、……っ」

「全部、触れたいと思っていました」

囁きにあわせて、手のひらが首筋から胸、腹へとすべっていく。最後に股間にもぐり込んだ指先が、膨らみの裏から後ろの孔《あな》を愛撫《あいぶ》して、シリルは息を呑んだ。

声や視線に滲むのは、愛情だけじゃないのだと気づく。抱きたいと——交わりたいと望む欲が、ラウニを色っぽく見せるのだ。

「触れてもいいと許してくださるなら、俺も服を脱ぎます」

愛しあいたい、ともう伝えたし、夫夫だから答えなんかひとつしかないのに、ラウニはシリルに言わせようとする。ぴりぴりと肌が粟立《あわだ》って、シリルは口と膝をひらいた。

「ゆ、許す」

「ありがとうございます」

微笑して、ラウニは短いキスをくれた。

上半身から順に脱いでいくラウニから、シリルは目が離せなかった。自分とは全然違う身体つきだ。鍛えられているのはわかっていたけれど、隠す布がなくなると、あちこちについた筋肉の陰影に、腹の中がすくむような感じがした。雄々しくて力強い美しさに、狼の耳と尻尾がよく似合う。彼が振り返ると黒い瞳が射るような激しさでシリルを捉えた。

きゅうっ、とまた身体の芯がすくむ。ラウニは生物として、シリルよりはるかに強靭《きょうじん》で恐ろしい。その気になればシリルなど簡単に殺せてしまうだろう。

でも彼は、それだけの力を持ちながら、けっしてシリルを傷つけない。優しく包み込んで、守って、愛してくれるのだ。

のしかかってきたラウニは重たく感じられた。キスされ、肌を撫でられながら、結婚したんだ、と実感する。こんなに強くて立派な雄が自分の伴侶なのだ。

「ん……、ラウニ……っ」

「また気持ちよくなりましたか？　硬くなってきましたね」

「だって、ぁ……っ、ふ、……っん、」

大きな手で握り込まれて、瞬間背筋がぞくりとしたのに、かるくしごかれると溶けたように感じた。うっすらしたくびれをなぞられ、過敏になった先端をくりくりといじられる。

「ぁっ、ぃ、いたっ、あっ、……あ、ぁっ」

「痛いですか？　感じすぎているのかもしれませんね。蜜がたくさん出ています……シリル様はお乳だけじゃなくて、ここの蜜も量が多いんですね」

感心したような声音が恥ずかしい。けれどたしかに、包んでこすられる性器は張りつめているだけでなく、射精の前触れでぬるぬるしていた。腰はすでにだるい。

「いつもは……こんなじゃな、……っ、は、んっ」

「我慢しないで、達ってください」

ラウニは乳搾りをするときのように、根元から圧をかけてしごくと、幹を握り込んで先端の小さな孔をきゅっとつまんだ。びりっと破けるような錯覚がして、シリルは声もなく射精した。

「……っ、――ッ！」

いつにない勢いで溢れた精液が腹を汚す。出しきっても絶頂の感覚だけが残って、力の入らない指先が何度もぴくぴくした。風呂上がりみたいに暑くて、息が苦しい。

「そのまま、力を抜いていてください」

開けっぱなしになった口の端にキスをして、ラウニがシリルの膝を左右にひらいた。乳首を撫でて滲んだ乳汁で指を濡らし、それを後ろの孔にあてがってくる。

「シリル様はあんまり生えてないので、ここもつるつるで、丸見えですね」

「ん……へ、変、なのか……？」

「いいえ。とてもいい眺めです」

陶然とした声で囁きながら、ラウニはやんわりと窄《すぼ》まりを揉んだ。

「これから、ここでつながります」

たしかに、男性器を女性の中に入れるのが子作りの方法だから、ラウニとシリルならそこしかないのだろう。よく考えたらなんで自分が入れられる側なのか、という気はするが、やり方に自信があるほうがリードするのは合理的だ。

本来の用途ではない場所で、痛いんじゃないか、とちらりと思ったが、不思議と恐怖はなかった。むしろ。

「ぁ……っ、あ、……ぁ……っ」

指の入ってくる異物感に、ぞくぞくと震えが走った。きっと気持ちいいだろう、という予感がしたとおり、違和感があるのにえも言われぬ感覚で、快感が液体のように尻から広がっていく。

「ふ……ぁっ、は、ぁ……っ」

「よかった、シリル様はここも気持ちよくなれるのですね。人によっては苦手なこともあると聞いたので、心配していたのですが」

ほっとしたようにラウニは指を抜き、ぬるついた性器をしごいてから再び入れてくる。

今度はぬるっと深いところまで挿入され、知らず腰が浮き上がった。

「や……ぁっ、ラウニ……っ」

気持ちいい、のだが、だめな感じがする。なにか、ひどくみっともないことになりそうな予感だ。

「いやですか？　シリル様の、勃起――いえ、緊満硬直してきましたが」

「やじゃ、ないけど……っぁ、……や、……は、……んぅっ」

中を揉まれるのがびんびんと響く。味わったことのない感覚だった。硬い異物が入り込んで、内側を拡《ひろ》げていじり回す、危うい気持ちよさ。

だめだ、と焦って、シリルはもがこうとした。

「や……、出、……出ちゃうっ、なんか出ちゃ、うっ」

言い終えるより先に、ぷしゅっと性器から液体が飛び散った。射精にも、おしっこをするのにも似た感覚に、羞恥と快感が入りまじる。

ありえない。こんな粗相を、大切な初めての行為でしてしまうなんて。

「やだ……こんな、後遺症……っん、……あっ、いじったら、また、ぁ……っ」

「大丈夫ですよ。潮吹きは後遺症ではないはずです」

ラウニは指を二本揃えて入れ直し、ゆっくりと付け根まで埋めてくる。そのまま手のひらを打ちつけるように、くいくいとピストンされて、シリルは大きく震えた。

「あ……、だめ……っあ、……あ……っ」

　ちょろちょろとおもらしみたいに潮が出る。感覚が麻痺《まひ》したのか、ぬるい液体が股間を伝うのさえ気持ちよかった。恥ずかしいのに、と思うとどっと涙が溢れ、シリルはしゃくり上げた。

「や、だぁ……こんなの、……っお、おもってたのと、ちがう……っ」

　セックスというのは子供を作る行為であると同時に、大切な愛する人との行為だから、もっと綺麗で心地よいと思っていた。なのに、こんな格好でびしょびしょになるなんていやだ。

「いやですか？　どうしても無理なら、やめてもかまいませんが」

　ラウニは指を抜くと、シリルの太腿に腰を押しつけた。硬く、焼けるような感触に、シリルはびくっとした。――ラウニの、雄の性器だ。

「最後まできちんと愛しあうならば、このあとはこれを挿入して、中に出します。やめるか、愛しあうか――どちらにしますか？」

　その聞き方はずるいと思う。シリルだって愛しあいたいと思っているし、きちんと結ばれたい。

「や……やめ、ない」

　ぐすっとすすり上げて、シリルはそれでもラウニの下半身に手を伸ばした。

「おまえの、これ……入れて、くれ」

手で触れてもはっとするほど熱い。触れた途端に生き物のように動き、性器もこんなに違うのか、とどきどきした。大きいから、指みたいに気持ちよくないかもしれないけれど。

「頑張る、から」

「シリル様」

ラウニが眉根を寄せ、シリルの両膝を抱え上げた。深く胸のほうまで持ち上げられ、いっそう恥ずかしいポーズを取らされる。だが、硬いものを窄まりにあてがわれると、羞恥よりも緊張が強まった。みっちりと塞ぐラウニの分身は、しなやかなのに凶暴な雰囲気がある。

もっとよく大きさを確認しておけばよかった――と後悔したが、遅かった。

しっかりと太腿を摑んだラウニが、馴染ませるように性器をすりつけて、先端を入れてくる。窄まりの襞《ひだ》が伸びきって、シリルは目を見ひらいた。

「――っは、……、ぁ、あ……ッ」

太くて苦しい。痛いというよりは痺れて、摑まれた太腿がぶるぶると震えた。ラウニも苦しいのか眉をひそめたまま、励ますように微笑した。

「上手です、シリル様。息はとめないで、力も抜いていてくださいね」

「う、……ぁ、……ッは、……ん……ッ」

「もう少し入れます」

少しずつ、質量のある熱い塊が沈んでくる。孔が上を向く無理な体勢のせいで、腰の骨が軋むように痛んだ。異物の収まった腹は痙攣している感覚があり、これ以上は無理かもしれない、とくじけかけた。

途端、ぐにゅりとへそのあたりが歪んだような気がした。

「……ぁ、……っ？」

変な感じだ、と思ったところを再び突き上げられ、じゅわりと熱が広がった。

「ぁ……っ、あ、……あ、あっ……」

意識したこともないおなかの奥が、気持ちよかった。ラウニの性器がぶつかる場所が、刺激されるとあたたかく崩れるようで、快感があとからあとから生まれてくる。

「シリル様の行きどまりですね。本当はこの先にも、入れるとたまらない喜びが得られるところがあるそうですが——、ここもずいぶん気持ちいいみたいですから、今日はここまでにしましょう」

ラウニの息も、いつのまにか乱れていた。ぼうっと見上げれば額には汗が浮いていて、わけもなくせつない気分になる。微笑んではいるが表情はなにかに耐えるようでもあり、これでは愛しあっているというより、教えてもらっているみたいだと思った。

恥ずかしくて苦しくて、初めてのことばかりでいっぱいいっぱいだけれど、シリルは射精するくらい気持ちいいのに。

「ラウニ、……ラウニも、気持ち、い、か?」

ラウニは驚いたように耳をぴんと立て、それからシリルの頭を撫でた。

「もちろん、気持ちがいいし、幸せです。シリル様と愛しあっていると思うと天国ですね」

「でも……まだ、ラウニは達ってない……っ、ん、んぅ……っ」

ぐにゅ、と奥を突かれる。占領しているラウニのものがさらに硬く膨れ上がり、腹から尻までが熱っぽく疼いた。

「や……、お、おっきく、なった……っ」

「すみません、シリル様が可愛くて反応してしまいました。射精にも、あまりご負担をかけずに至れそうです」

満足げな顔をして、ラウニはシリルの太腿を離し、かわりに腰を掴み直した。大きな手ががっしりと固定したかと思うと、ぐぅっ、と奥めがけて押し上げられる。

「——っあ、はっ、あっ、……ぁッ、あ、ぁ……ッ」

動かれるたび、溢れるように声が出る。快感が突き崩される場所から波のように伝わり、うなじやつま先までじんじんした。胸と性器は硬く尖って痛いくらいだ。

「ぁ……っ、ラウ……っ、ぁ、……あッ」

「シリル様、お乳がまた滲んできちゃいましたね」

急がないスピードでシリルを揺すりながら、ラウニは飢えたような、それでいて幸福そうな表情で唇を舐めた。

「もったいないですが、吸うのはあとに取っておきましょうか。シリル様のここ、」

「ッ、は、ぁ、……んっ……」

「いっぱい締めつけてくださって、お尻でも達けそうですから」

「あっ、……ぅ、……ふ、……ぁッ」

目を閉じても、ちかちかと極彩色が光って見えた。なにもかもどうでもよくなるくらい、深い快楽が全身を満たしている。少し強めに穿《うが》たれれば、心地よく意識が遠のいた。

「……っ、ぁ…………っ」

「震えてますね。精液は少ししか出ませんけど——達けたみたいだ」

ラウニの甘く掠《かす》れた声がぼやけて聞こえた。自分のものではないように感じる肌を撫でられる。硬くなった乳首をつままれるとにぶい痛みを感じたが、慣れた動きで捏られると、ぴゅっと溢れる快感に、ぴんとつま先が丸まった。

「……っ、あ、——ッ、ぁ、あ……ッ」

高く舞うような絶頂感の中、幾度も行き来するラウニの分身を感じる。内襞をかき分けてぐしゅぐしゅと突かれ、シリルは嬉しい、と思った。ラウニも達くのだ。

よかった、とほっとしてゆるんだ内部が、もてなすようにラウニに吸いついていく。短く呻いたラウニはひときわ強く打ちつけてきて、ほどなく奥が痺れた。数回味わうように行き来した太い杭《くい》は、ゆっくり引いていく。

最後まで愛しあえた、と脱力すると、ラウニが身体を重ねて口づけた。

「……っん、……ラウニっ、まだ、入って、」

「シリル様は獣人と人間の一番の違いをご存じじゃないんですね」

抜ける、と思った性器を再び押し込んだラウニが、しれっとした顔で言った。

「我々は人間よりも頑強な分、人間のように年中子供を授かれるわけではなく、繁殖期が存在します。その期中は、何時間でも、何度でも激しく愛しあうものなんです」

「な……何時間も、何度でも？」

シリルは自分の中のラウニの分身が、依然硬くて大きいことに気がついて、さあっと青ざめた。ラウニはにっこりする。

「はい。俺は特に体力には自信がありますので、任せておいてください。シリル様のお乳ももうちょっと出そうですし、空っぽになるまで、たくさん愛しあいましょう」

「い……いい！　今日初めてだし！」

「遠慮しなくていいですよ。満足するまで抱くと約束したでしょう？　シリル様はなにもせず、気持ちよくなるだけです。ほら、ここもまた勃起、じゃなかった緊満硬直してきてます」

「うっ、しててもうぃぃ、……ん、……ん、ぁっ」

むちゅ、とキスされてあちこちまさぐられながら、結婚は早まったかも、と思ったが、ラウニの後ろで動く尻尾を見ると、いやがる気持ちは薄れて消えた。

(――ボール遊びしてるときのトト並みじゃないか)

普段は澄ましたようにほとんど動かないラウニの尻尾が、ぶんぶんと大きく振り回されていて、見るからに喜びに満ちていた。

こんなに喜んでもらえるなら、セックスも何回でも頑張れるな、と思って、シリルは自分からもキスを返した。


翌日。

「おかしいですねえ。わたしの魔法はもう、残滓《ざんし》もないんですけど」

遅い朝食を口に運ぶシリルに手をかざした魔女が、不思議そうに首を捻《ひね》った。

「まだ副作用があるってことでしたが、魔法の影響ではないですよ? たしかシリル様の副作用は――」

「いい、忘れてくれ」

副作用じゃないならかえって困った事態だが、副作用の内容を魔女に思い出してほしくなくて、シリルは手を振った。

「わざわざ来てもらって悪かったな。確かめてもらえてよかった」

「もし困ったことがあれば言ってくださいね。魔法の副作用はまだまだ解明されてないことも多いですから、わたしとしても研究できればありがたいです。後遺症なんて聞いたことないですし、できればどうなるのか、どう対処するか見たいくらいですが……」

「帰ってくれ」

見られてたまるか、とシリルは赤くなった。魔女は残念そうにしたが、失礼します、と部屋を出ていく。ため息をついて、シリルは胸を押さえた。

「おまえがいっぱい吸うから、もう出ないのにじんじんするぞ」

「そういえば、以前副作用を軽くする方法はないのか、と質問してくださったことがありましたよね」

シリルのセリフを半ば無視して、隣に座ったラウニは淹れたての紅茶を手元に置いた。今朝のメニューはフレンチトーストだ。

「あれからときおり考えていたのですが、余ったエネルギーがお乳として出るわけですから、普段からエネルギーが余らないようにしてみる、というのはどうでしょうか」

「……なんか、いやな予感しかしないぞ？」

「お乳が出る出ないにかかわらず、よく刺激して吸いつつ、射精することでエネルギーを放出するんです。これなら、毎日愛しあうだけですみます。なんなら、朝昼晩と、三回に分けるとか」

ラウニは騎士として作戦会議でもするような真剣な表情だ。とろふわに焼き上がったフレンチトーストを口に運び、シリルは横目で睨んだ。

「却下だ。セックスは夜にするものだろう。昨日も魔法を使ったあとに胸が張ったんだから、魔法を使わなければいいいんだ。いざというときはもちろん使うけど……」

「シリル様は、俺と愛しあいたいと思ってくださってるんじゃなかったんですか?」

悲しそうにラウニが見つめてくる。

「愛しあいたいけど……でも、あんなに何回も……」

シリルは喉を押さえた。昨夜は何回達かされたのかわからないくらい、延々と愛されてしまった。「満足するまで」とは言われたが、シリルは一回だけでも十分だったのに、最後は胸からも性器からもなにも出なくなるまで抱かれて、喘ぎ続けた喉はまだひりひりしている。

(でも、最後に抱っこされたのはよかったな……後ろから包まれてると、すごく安心する)

ねじるように振り向いてするキスも、格別だった。疲れきった身体を甘やかすように揺らされて、天国にいるみたいな幸福感で。

（あれは、またされてもいいかも……）

思い出してほわりと赤くなると、ラウニが尻尾を振った。

「気に入っていただけたようでなによりです」

「っ、僕は、多すぎるって言ったんだぞ！」

「顔は、いっぱい愛されて嬉しいと書いてありますよ？」

ぽかぽか殴るのを受けとめながら、ラウニが幸せそうに笑う。まったく、とシリルは膨れた。

そこに、控えめに使用人が入ってきた。トレイの上には、一通の手紙が載っている。

「エルラーンよりニーカ様から、お手紙が届いております」

「姉上！」

さっそくひらけば、そっけない文面ながら、結婚の祝福と、手紙はたまにだが、返事を書いてもいいことになった、と記されていた。

「ラウニ！　姉上が、これからは返事をくれるって！」

「素晴らしいですね。シリル様の熱意は、長いエルラーンのしきたりを変えるほど強かったということです」

「いつかは、会えるといいなあ」

嬉しいため息をこぼして胸に手紙を抱きしめる。ニーカと母の顔が、久しぶりに脳裏に浮かんだ。珍しく二人とも微笑んでいる。

綺麗だ、と思った途端、床一面に紫色の花が咲いた。美しく満開になった花に、ぽかん、と思い浮かべた二人の背景に花が咲いたのだと思ったが、よく見れば実際に咲いてしまっている。

「シリル様、魔法、使いましたね」

ラウニがきらりと目を光らせる。シリルは焦って立ち上がりかけた。

「う、うっかり使ってしまったが大丈夫……、ぅ」

「任せておいてください。いつでも搾る準備はできています」

ラウニは無駄に腕捲りしている。僕の準備ができていない……と思ったが、彼の膝の上へと引き戻されて、シリルは諦めて力を抜いた。胸はしっかりぽっつりと張っている。これを搾られたらあのめくるめく快感にとらわれて、乳搾りだけではすまなくなるのはわかっていた。

でも自分たちは昨日、結婚したばかりなのだ。今日くらいは朝からあの天国みたいな喜びの中に浸ってもいいはずだ。

後ろからキスされながら、シリルは小さな声で「特別だぞ」と囁いたのだった。

あとがき

こんにちは、または初めまして。葵居ゆゆです。

今回はちょっとゆるめのファンタジーです。魔法があって怖い生き物もいるけど、ほのぼのした国がいいなあと想像してできた世界です。「全体的に可愛く、エッチはしっかり」を目指して、念願のお乳搾りネタにしてみました。まだまだ書きたい乳搾り。

キャラクターは、以前から「嫌われ者」な受が書きたいと思っていて、ようやくかたちにできました。シリルは、偉そうなのに素直でちょろ可愛いところがお気に入りです。意外と頑張り屋さんだったので、そこも楽しかったです。

攻さんは大好きな狼獣人にしてみました。包容力のある溺愛性質の人がいいなと考えていたのですが、蓋を開けたらだいぶ変態になってしまった気がします。さらっと書いたものの、よく考えると様子がおかしい場面がいっぱいあって、「こんなはずでは……」となりながら書き終えました。最終的には、こういう人もたまにはいいかなと思ったのですが、皆様はお好きでしょうか。書く前にあんなにキャラのことを考えているのに、いざ書いてみるといろんな面が出てくるのが毎回面白いなと思います。

サブキャラもみんな楽しかったのですが、やはりもふもふはいいですね！　なんとたぬき獣人を口絵にも描いていただけて感無量です。大好きな田中森よこた先生の絵でもふもふが見られるなんて幸せです。カバーイラストは溺愛の雰囲気とラウニのやや腹黒いところが窺えて素敵ですし、本文イラストはどこも好きなシーンを描いていただきました。シリルの可愛さは、絵で見ると何倍にもしていただいてますよね。

田中森よこた先生、お忙しい中お引き受けいただき本当にありがとうございました。

プロット本文ともに丁寧にご対応くださる担当様にも、この場を借りてお礼申し上げます。校正や制作、印刷流通等、本書にかかわってくださった皆様もありがとうございました。

そして読者の皆様。いかがでしたでしょうか。目指した「えろ可愛いほのぼの」を楽しんでもらえて、少しでも読んでよかったと感じていただけたら幸いです。

できましたらまた、ほかの本でも皆様にお会いできますように。

二〇二四年六月　葵居ゆゆ

葵居ゆゆ先生、田中森よこた先生へのお便り、
本作品に関するご意見、ご感想などは
〒101-8405
東京都千代田区神田三崎町2-18-11
二見書房　シャレード文庫
「嫌われ王子のおしおき婚～狼騎士の妻は丸ごと溺愛されています～」係まで。

本作品は書き下ろしです

CHARADE BUNKO

嫌《きら》われ王子《おうじ》のおしおき婚《こん》～狼騎士《おおかみきし》の妻《つま》は丸《まる》ごと溺愛《できあい》されています～

2024年7月20日　初版発行

【著者】葵居《あおい》ゆゆ

【発行所】株式会社二見書房
東京都千代田区神田三崎町2-18-11
電話　03(3515)2311［営業］
　　　03(3515)2313［編集］
振替　00170-4-2639
【印刷】株式会社 堀内印刷所
【製本】株式会社 村上製本所

落丁・乱丁本はお取り替えいたします。
定価は、カバーに表示してあります。

ISBN978-4-576-24054-1

https://www.futami.co.jp/charade